SAMINA HAYE

Glück im Unglück
Noras traurige Geschichte
Band 1

AF205812

SAMINA HAYE

Glück im Unglück

Die Verachtung

Bibliografische Information der Deutschen Nationalbibliothek:
Die Deutsche Nationalbibliothek verzeichnet diese Publikation in
der Deutschen Nationalbibliografie; detaillierte bibliografische
Daten sind im Internet über http://dnb.dnb.de abrufbar.

Alle Rechte vorbehalten. Nachdruck, auch auszugsweise, nur mit
schriftlicher Genehmigung der Autorin.

© 2019 **Samina Haye**
Sollach 9, 5241 Maria Schmolln
Österreich

Umschlaggestaltung & Satz: Laura Newman
- design.lauranewman.de -

Herstellung und Verlag: BoD – Books on Demand, Norderstedt
ISBN: 978-3-750-40507-3

Vorwort

Dies ist ein besonderes Buch. Ich widme es jenen Lesern, die eine so unfassbar schwere Zeit in ihrem Leben durchmachen mussten wie meine Protagonistin Nora. Es berührt mich selbst zutiefst und liegt mir sehr am Herzen. Das Thema sexuellen Missbrauch niederzuschreiben, war sehr emotional und aufwühlend für mich. Natürlich auf eine andere Art und Weise, ungewohnt und erschreckend zugleich und für mich sehr schwierig, korrekt umzusetzen. Ich wanderte monatelang durch ein wirres Gefühlschaos von Hass und Wut, das mich umgab, von Trauer und Angst und von Unverständlichkeit.

Wie kann man einem Menschen so etwas nur antun? Was geht im Kopf von so einem, wie ich es nenne, Monster vor?

Das ganze Leben eines lieben Menschen wird komplett zerstört und nie wieder, wirklich niemals kann dieser Mensch diese grausamen, brutalen Szenen vergessen. Verdrängen vielleicht, wenn es gut geht, aber sie bleiben immer im Hintergrund. Bleiben immer auf der Lauer. Dennoch, ich musste diese Zeilen schreiben.

Sicher wird es einige Leser geben, die mit diesem düsteren Band eins nichts anfangen können. Euch möchte ich sagen: Noras traurige Geschichte ist der Beginn einer aufregenden Reise. Einer Reise in die Freiheit. Einer Reise voller Hoffnung. Eines kann ich euch vorab schon versprechen: In Band zwei meiner Norwegen Serie reist ihr in eine hoffnungsvolle und spannende Geschichte, was dann mit Band drei noch etwas turbulenter und mitreißender voranschreitet. Es ist für jeden etwas dabei, doch mehr dazu verrate ich noch nicht.

In Liebe, Samina Haye.

Ein Abschied

Melåa, Sommer 1983

NORA

Es war ein sonniger Junitag und ich fuhr am frühen Nachmittag singend mit meinem Rad am Steg zum Meer entlang, und war auf dem Weg zur Fischerhütte meines Vaters, um ein bisschen bei der Arbeit zu helfen. Ich – Nora – wurde im Juli 1967 als Nachzüglerin und drittes Kind meiner Eltern Hedda und Filip Joki geboren. Als meine beiden jeweils acht und sechs Jahre älteren Brüder Aksel und Fredrik mit der Schule fertig waren und ihren Abschluss in der Tasche hatten, wurden sie sofort von meinem Vater unter die Fittiche genommen, um fortan in seinem Fischergeschäft zu arbeiten. Für ihn war es selbstverständlich, dass seine Söhne in seine Fußstapfen traten, und somit bekamen Aksel und Fredrik nicht die geringste Chance, etwas anderes auszuüben oder ihren Träumen nachzugehen.

Natürlich versuchten sie damals mehr als einmal, ihm zu erklären, dass sie gerne mal etwas anderes sehen würden als das Fischergeschäft in Melåa. Doch wann immer unser Vater damit konfrontiert wurde, drehte er durch und wurde aggressiv, also hielten sich meine Brüder fortan zurück und ließen es bleiben, auch nur an ihre Zukunftsträume zu denken. Nur mit mir sprachen sie hin und wieder darüber. Zumindest war es bisher immer so gewesen. Seit einigen Wochen jedoch verhielten sich meine älteren Brüder merkwürdig, redeten kaum noch mit mir. Zu Hause verschwanden sie nach dem Essen immer direkt in ihrem Zimmer, das sie sich teilten. Wann immer ich sie fragte, was denn mit ihnen los war, wurden sie frech und Aksel meinte sogar einmal, ich müsste doch einfach nur genau überlegen, dann würde mir schon einfallen, warum sie sich verändert hatten. Fredrik selbst hielt sich meistens zurück und sagte nichts, sondern blickte stumm zu Boden. Es war Aksel, der zunehmend gemeiner zu mir wurde. Fredrik tat nichts dagegen, was mich verwunderte und schmerzte.

Egal wie oft ich mir seine Worte durch den Kopf gehen ließ, ich konnte mir keinen Reim darauf bilden und wusste noch immer nicht, was mit ihnen los war. Auch jetzt nicht, während ich durch die Gegend radelte. So schön der Morgen angefangen hatte, die trüben Gedanken an meine Brüder hatten mein leises Singen verstummen lassen.

Als ich mit meinem Rad die Schotterstraße runterfuhr, die mich zur Hütte meines Vaters brachte, hörte ich meine Brüder schon von Weitem lautstark miteinander diskutieren. Als ich bei ihnen ankam, konnte ich nicht glauben, was ich da hörte.

»Weißt du, ich mache das nicht länger mit. Bald werde ich es ihnen sagen!«, schrie Aksel Fredrik ins Gesicht, der einfach nur dastand und keine Anstalten machte, etwas darauf zu erwidern. Es musste etwas im Busch sein, das war offensichtlich. Rasch spitzte ich die Ohren, noch hatten die beiden mich in ihrer Rage gar nicht wahrgenommen, und war echt gespannt, was Aksel zu sagen hatte. Ich würde ihn auf alle Fälle später darauf ansprechen, denn ich musste endlich wissen, was hinter meinem Rücken gespielt wurde. Ihr verändertes und aggressives Verhalten der letzten

Wochen war doch nicht mehr normal. Früher haben sie untereinander nie gestritten. Waren unzertrennlich gewesen.

Meine Beziehung zu meinen Brüdern war *anders*. Zu Aksel drang ich nie wirklich durch, so etwas wie eine Umarmung oder liebevolle Worte, das gab es von ihm nie. Auch nicht zum Geburtstag oder zu Weihnachten. Bei Fredrik war es nicht so schlimm, da konnte ich mich wirklich glücklich schätzen. Er nahm mich öfter mal in den Arm, drückte mir ein Küsschen auf die Wange und es war fast so, wie man es sich von einem großen Bruder wünschte. Würde er nur ab und zu Aksel widersprechen, wenn dieser wieder einmal gemein zu mir war.

Aksel hingegen erzählte mir immer nur – wenn er sich denn überhaupt mal zu einem Gespräch mit mir herabließ –, wie ausfallend mein Vater immer war. Auch damals schon – vor mir. Vor allem, als dieser von der erneuten Schwangerschaft unserer Mutter erfahren hatte. Regelrecht ausgerastet war er laut Aksel. Seitdem hatte mein Vater sie immer nur beschimpft, weil er kein weiteres Balg mehr wollte, das ihm sein Geld aus der Tasche zog. Er hatte zu trinken begonnen und seine ganze Aggressivität fortan an meiner Mutter ausgelassen, meist mit Schlägen ins Gesicht. Ich konnte mir das gar nicht vorstellen, so kannte ich meinen Vater doch gar nicht. Aber Aksel beharrte darauf.

Während der Schwangerschaft hatte nicht meine Mutter mit Stimmungsschwankungen zu kämpfen, sondern mein Vater hatte große Probleme damit. Hin und wieder ließ er von seiner Aggressivität ab, wurde fürsorglicher. Hauptsächlich allerdings nur im Umgang mit meinen Brüdern, denn unsere Mutter wurde weiterhin von ihm geschlagen. Auch das weiß ich nur aus Aksels Erzählungen. Von heute auf morgen verbrachte

Filip viel Zeit mit meinen Brüdern, ging mit ihnen angeln und brachte Fredrik sogar das Radfahren bei. Er opferte seine sonst so kostbare Zeit, die er immerzu in der Fischerhütte verbrachte, auf einmal seinen Söhnen. Für meine Brüder brach damals eine ungewohnt schöne Zeit an, die aber vermeintlich abrupt mit meiner Geburt wieder geendet hatte. Als meine Mutter mich auf die Welt brachte und mein Vater erkannte, dass ich ein Mädchen war, änderte sich seine Meinung und Haltung der erneuten Schwangerschaft gegenüber schlagartig. Auf einmal tat er alles für meine Mutter, trug uns beide auf Händen. Filip wurde zu einem Vorzeigefamilienvater für uns Frauen. Er war stets liebenswert und fürsorglich, in meinen Augen waren wir eine normale Familie. Natürlich war es auch gut für uns alle, dass Filips Fischergeschäft hervorragend lief und ihm seine beiden Söhne damals tatkräftig zur Seite standen. Es herrschte nicht das ganze Jahr über Hochbetrieb, sodass es auch mal eine Verschnaufpause vom harten Arbeitsleben gab. Wir konnten durchatmen und das Leben als Familie genießen. Die Sommermonate waren davon jedoch ausgenommen, denn im Juni, Juli und August herrschte immer Hochsaison. Es blieb in diesen Monaten kaum Zeit für Privates, und mein Vater war von der harten Arbeit immer müde und ausgelaugt, wenn er nach Hause kam. So auch diesen Sommer. Mit dem einen Unterschied, dass meine Brüder von Tag zu Tag seltsamer wurden. Worüber stritten sie gerade nur?

Als sie mich jetzt endlich bemerkten, lächelte mich Fredrik an, während Aksel mir lediglich böse Blicke zuwarf. Mir war klar, dass er das deshalb tat, weil ich ihn mit meiner Ankunft gerade bei dem Gespräch unterbrochen hatte. Zu meiner Entschuldigung zuckte ich nur mit den Schultern. Keiner sagte etwas. Für eine

Weile gingen die beiden einfach wieder stumm ihrer Arbeit nach. Ich half ihnen ein bisschen in der Hütte und als ich es nicht länger aushielt, sprach ich Aksel einfach direkt auf seinen Ausbruch von zuvor an.

»Als ich vorhin angekommen bin, habe ich einen Bruchteil von eurer Auseinandersetzung mitbekommen. Ich würde echt mal gerne wissen, was du uns denn zu sagen hast, dass du Fredrik dabei so anfahren musstest«, sagte ich fordernd zu Aksel und da ich mit dem Rücken zur Tür stand, bemerkte ich nicht, dass unser Vater ebenfalls im Raum war. Er räusperte sich.

»Welche Auseinandersetzung? Und was hast du uns mitzuteilen, Aksel?«, fragte Filip streng und trat weiter in die Hütte ein. Er ging zu dem kleinen Bürotisch, der links neben dem Fenster stand, da wo er immer seine Lieferscheine und Rechnungen bearbeitete, und lehnte sich an. Sein Sohn seufzte genervt.

»Na, vielen Dank auch«, richtete mein Bruder die Worte an mich und ging einige Schritte auf die Tür zu, um höchstwahrscheinlich schnell die Flucht ergreifen zu können.

»Dann rücken wir gleich mit der Wahrheit raus. Fredrik und ich sind alt genug, um unser eigenes Leben zu leben. Wir sind bereits eine Weile erwachsen und haben uns für eine andere Zukunft entschieden als diese hier. Fredrik und ich werden unser Zuhause und somit auch euch verlassen, da wir seit einigen Monaten nach einer Arbeit in Oslo gesucht und nun beide eine Zusage in einer großen Fischölfabrik erhalten haben«, erklärte er uns in ruhigem Ton, während mein anderer Bruder alles andere als ruhig und entspannt wirkte. Fredrik kaute an seinen Fingernägeln und trat nervös von einem Fuß auf den anderen. Man sah ihm an, dass er einfach weg von hier wollte. Mein Vater drehte komplett durch und schmiss alle Sachen – Tassen, diverses Werkzeug – vom Tisch auf den Boden. Zornig erhob er sich und tigerte durch den Raum.

»Seid ihr noch ganz bei Trost? Mich einfach hier mit dem Fischergeschäft im Stich zu lassen? So sicherlich nicht, ihr bleibt schön hier und braucht gar nicht erst zu glauben, dass ihr ohne meine Erlaubnis einfach abhauen könnt!«, schrie er seine Söhne an.

»Papa, es ist ja nichts Neues für dich, dass wir in unserem Leben was anderes als dein Geschäft sehen wollen. Mehr als einmal haben wir dir schon gesagt, dass wir weg von hier wollen. Raus aus diesem Fischerdorf und hinein in eine große Stadt, um Erfahrungen zu sammeln und mehr Geld zu verdienen. Was wäre da besser geeignet als Oslo? Wir haben lange genug zurückgesteckt, um dich zu unterstützen. Jetzt sind wir mal dran«, gab Aksel unserem Vater zu verstehen, während dieser noch immer im Raum auf und ab lief und vor sich hin fluchte.

»Das wird noch Konsequenzen für dich haben, mein Sohn!«, beschimpfte er Aksel, der nur mit den Schultern zuckte.

»Vater, ich glaube wirklich viel, aber das nicht, da Fredrik und ich in ein paar Tagen von hier weg sein werden. Was willst du da schon groß ausrichten? Wenn es dir nicht passt, schmeiß uns doch jetzt schon raus, dann verschwinden wir auf der Stelle!«, brüllte er zurück. Es war offensichtlich, dass er sich von unserem Dad nichts mehr gefallen lassen wollte. Aksel richtete den Blick noch einmal auf mich und sagte vorwurfsvoll: »Für was hast du denn deine Tochter? Die hat seit ihrer Geburt noch nicht einen Handgriff tun müssen, da ist es sowieso höchste Zeit, dass sich das mal ändert. Seit du eine Tochter bekommen hast, zählt nur noch sie. Nora hier, Nora da. Wir haben verstanden, dass sie dein Liebling ist, während wir nur noch für die Arbeit taugen. Von Liebe und Familie keine Spur, wir haben es verstanden. Wir sind dir egal. Das hast du genauso wenig bemerkt wie unsere liebe Schwester. Die suhlt sich ja nur in deiner Zuneigung und kommt nicht mal auf die Idee, auch nur zu fragen, ob sie mit anpacken könnte. Wir sind es leid.«

Für diese Meldung bekam mein Bruder eine Ohrfeige von Filip verpasst, die sich gewaschen hatte. Erbost zuckte Aksel zurück und starrte Filip und mich hasserfüllt an. Aber auch ich musste etwas loswerden und ich brüllte Aksel an.

»Warum sagst du das? Das stimmt doch gar nicht, komme immer zur Hütte um euch zu helfen, wenn ich mit meinen Schulaufgaben fertig bin.«

»Komm, Fredrik, jetzt reicht es, wir gehen.« Das war das Letzte, was sie zu uns sagten, ehe sie aufgebracht die Fischerhütte verließen. Die Wut ist meinem Vater ins Gesicht geschrieben und sein Körper bebte. Er sah mich an und sagte:

»Fahr nach Hause ich will alleine sein. Wir sehen uns dann später zum Abendessen.« Natürlich tat ich was mein Vater mir befiel und fuhr nach Hause.

Nicht mal beim Abendessen ließen sie sich blicken, und als ich am nächsten Morgen aufstand, waren meine Brüder schon aufgebrochen – in die große, weite Welt.

Klar machte es mich traurig, hören zu müssen, wie mein Bruder über mich sprach. Die einzigen Abschiedsworte bekam ich von Fredrik, der mir ein paar Zeilen auf einem Stück Papier hinterließ, das er in meinem Badezimmer im Spiegelschrank versteckt hatte. Als ich an diesem Morgen den Kamm aus dem Schrank nahm, entdeckte ich den Zettel. Ich zog es heraus, faltete es auf und las stumm:

Liebste Nora,

es tut mir leid, wie alles gekommen ist und dass ich mich nicht persönlich von dir verabschiedet habe.

Du wirst mir fehlen und ich verspreche dir, ich werde mich irgendwann bei dir melden, um dir meine Entscheidung zu erklären. Für dich muss es überraschend sein, doch es geht nicht mehr anders. Ich kann nicht mehr. Ich hoffe, du verzeihst mir.

Ich werde immer an dich denken. Pass auf dich und auch auf Mama auf.

In Liebe, dein Bruder Fredrik.

Auch wenn es nur ein paar Worte waren, sie berührten mich zutiefst. Einerseits war ich glücklich darüber, dass mein Bruder mir diesen Zettel hinterlassen hatte. Andererseits schmerzte mich sein Fortgang sehr und ich war sauer. Auf ihn, auf Aksel, auf meinen Dad. Und auch auf mich. Sie hatten recht, ich hätte ihnen mehr helfen sollen. Mich nicht zu sehr darauf ausruhen sollen, der Liebling der Familie zu sein. Die letzten Jahre mussten schwer für meine Brüder gewesen sein, wie mir jetzt erst mit aller Macht bewusst wurde. Auch wenn sie jetzt fort waren, das war nicht das Ende. Wir würden wieder zueinanderfinden, da war ich mir sicher. Man sah sich immer zweimal im Leben, und vielleicht passte die Zeit dann besser, um miteinander zu leben.

Seit uns meine Brüder vor einigen Wochen verlassen hatten, war es für meine Mutter ein schwieriges und trauriges Leben geworden. Die Aggressivität meines

Vaters war mit einem Mal zurückgekehrt und nahm täglich an Intensität zu. Hinzu kam leider noch, dass er wieder jeden Abend sturzbetrunken von der Arbeit nach Hause kam. Für Mama war es heftig, da er sie mit Schlägen nur so übersäte und ich sie des Öfteren bewusstlos in einer Ecke fand. Mein Vater kam ganz offensichtlich nicht zurecht damit, dass meine Brüder uns verlassen hatten, und das erste Mal sah ich selbst, was ich sonst nur aus Erzählungen kannte: den boshaften Filip. Auch für mich war diese Zeit sehr schlimm. Mein Vater schrie ständig, schmiss Sachen durch die Gegend und veränderte sich derart, dass ich ihn nicht mehr erkannte. Zu gerne hätte ich meiner Mutter geholfen, doch ich versteckte mich die meiste Zeit in meinem Zimmer. Hatte zu viel Angst, dass er auch mich schlagen würde.

Was hätte ich auch tun können? Zweimal hatte ich es doch versucht, ihn von Mama wegzerren, konnte gegen die Kräfte meines Vaters aber nicht gewinnen. Er hat mich in seiner Gegenwehr beide Male erwischt. Ob es Absicht war, konnte ich nicht sagen. Er war zu sehr in seiner Rage gefangen. Seine Kraft und Gewalt überraschten mich sehr. Somit war ich nach den vermeintlichen Versuchen, meiner Mutter zu Hilfe zu eilen, selbst blutüberströmt in mein Bett geflüchtet, um mich unter der Decke zu verkriechen, bis alles vorbei war. Meine Mutter durfte an jenen Abenden nicht zu mir ins Zimmer kommen, um mich zu versorgen, sie musste die ganze Nacht dort liegen bleiben, wo er sie niedergeschlagen hatte. Egal ob es auf dem kalten Fußboden oder auf der Toilette gewesen war, meine Mutter Hedda rührte sich nicht vom Fleck, da sie Angst davor hatte, er würde sie sonst wirklich erschlagen.

In den ersten Tagen haben wir versucht, heimlich zur Polizei zu gelangen, um ihn anzuzeigen, doch kurz vor dem Revier tauchte Filip jedes Mal auf, legte den Arm um mich und meine Mutter und tat so, als würden wir gemeinsam einkaufen gehen. Er hatte überall seine Spitzel herumstehen und ließ uns so wissen, dass das Leben hier in unserem Zuhause fortan immer gefährlicher für uns werden würde, wenn wir nicht spurten. Mein Vater verlangte von mir, dass ich ihm in den kompletten Sommerferien in seiner Fischerhütte unter die Arme griff. Nein zu sagen, das war mir nicht möglich und kam mir auch nicht in den Sinn. Denn die Panik davor, er könnte mir oder meiner Mutter wieder Schläge verabreichen, war viel zu groß. Ich wollte es meiner Mutter so einfach wie möglich machen. Natürlich war die Belastung, die ich mit mir trug, schwer zu verarbeiten und zu ertragen, da ich selbst ja noch ein Teenager war. Doch die Bilder, wie meine Mama blutbefleckt auf dem Boden lag, schlichen sich immer zurück in meinen Kopf und deswegen musste ich mich da einfach durchbeißen. Ich würde nie vergessen, wie alles begann und wie neidisch ich seither auf all die anderen Kinder war, die eine ganz normale Vater-Kind-Beziehung hatten.

Andere Mädchen, die mit mir zur Schule gingen, wurden von ihren Vätern abgeholt und umarmt. Zu Schulveranstaltungen kamen deren Väter mit oder auch zum Elternsprechtag. Filip tat das nicht, nie, denn solche Sachen empfand er als unwichtig, sodass seit dem Abhauen meiner Brüder nur meine Mutter hinging. Aber auch nur, wenn er es ihr gestattete, denn Ausgang bekam sie von ihm selten. Sie stand vollkommen unter seiner Fuchtel, war wie gelähmt und wehrte sich nicht. Und daran war nur die Angst vor ihm schuld.

In den ersten Wochen, in denen ich meinem Vater im Fischergeschäft behilflich sein musste, verlief noch alles einigermaßen gut. Während wir zusammen in der Hütte arbeiteten, war er nicht aggressiv oder böse, sondern fast so nett wie früher. Aber nur mit mir allein. An diesen Tagen freute ich mich, dass er im Umgang mit mir nicht so angriffslustig war wie bei meiner Mutter und dass alles weitestgehend ruhig verlief. Auch an meinen, eigentlich freien Tagen, kam es hin und wieder vor, dass ich in die Hütte musste, weil er zu viel getrunken hatte und ohne meine Hilfe sein tägliches Pensum nicht absolvieren konnte. Aber er wurde zumindest mir gegenüber nicht handgreiflich. Ein Großteil der Arbeit machte mir Spaß. Wie zum Beispiel der Kontakt mit den Kunden, die Verkäufe die ich abwickeln durfte und die Büroarbeit die fast täglich zu erledigen war. Doch die unschönen Arbeiten wie: die Fische zu töten und sie auszunehmen, machte mir am meisten zu schaffen, da mir die Tiere leid taten.

Nur leider blieb es nicht aus, dass viele im Dorf das zunehmend schlechtere Verhalten meines Vaters bemerkten. Seine Trunkenheit, sein rauer Ton – all das wirkte sich auch auf seine Arbeit aus. In der Folgezeit wurde sein Geschäft immer schwächer, die Kundschaft blieb aus und die Leute sprachen ihn das ein oder andere Mal sogar darauf an. Ob er denn eigentlich wüsste, welche harte Arbeit ich für ihn erledigen musste, wenn er mal wieder zu betrunken dafür war. Klar gefiel ihm dieses Theater der Leute nicht und er musste seine Aggressionen darüber auch tagsüber an jemandem auslassen. Natürlich war fortan ich die Leidtragende und bekam die nächsten Fausthiebe meines Vaters zu spüren. Das erste Mal war ich zu geschockt, um zu reagieren. Mein geliebter Vater schlug mich grün und blau. Abends konnte meine Mutter mir nicht helfen, sonst wäre sie sein erneutes Opfer geworden. In den Tagen darauf versuchte ich das ein oder andere Mal, mich zur Wehr zu setzen, seine Schläge wurden nur noch schlimmer. Also ertrug ich es still und stumm, immer in der Hoffnung, dass seine Wut schnell verrauchen würde, wenn ich mich ihm nicht widersetzte. Ich bemühte mich darum, dass mich im Dorf niemand sah und dass das Gerede der Leute so vielleicht stoppte. Ich bot meinem Vater möglichst keinen Widerstand, keine Angriffsfläche und hoffte, dass er damit aufhörte, mich zu schlagen. Wer hätte denn ahnen können, dass es alles nur noch schlimmer machte?

Die Fischerhütte

NORA

Ich wurde an diesem Morgen durch das schrille Klingeln meines Weckers aus dem Schlaf gerissen. Obwohl ich müde war, war ich dennoch froh darüber wie nie zuvor. Endlich sind zwei Monate vergangen und die Schule begann wieder und darauf freute ich mich schon seit vielen Tagen. Ich schlenderte ins Badezimmer und machte mich fertig für den ersten Schultag. Dann lief ich nach unten. Es war traurig, wie schnell sich die gute Laune verabschieden konnte. Doch als ich meine Mutter weinend und mit einer Platzwunde am Tisch in der Küche sitzen sah, war es dahin mit meiner Vorfreude auf diesen Tag. Neben ihr stand mein Vater und sah mich fuchsteufelswild an.

»Guten Morgen, mein Liebling, na hast du gut geschlafen und freust dich schon auf die Schule?«, fragte er mich in einem spitzen Ton und schlug mit der Faust so fest auf den Esstisch, dass die Vase, die mit frischen Blumen darauf stand, umfiel und zerbrach.

»Dass dir eines bewusst ist, mein Mädchen, nur weil du hin und wieder in den Unterricht gehen musst, um zu lernen, heißt das noch lange nicht, dass deine Arbeit in der Fischerhütte vorbei ist. Im Gegenteil, am Samstag wirst du von früh am Morgen bis spät am Abend mit mir dort verbringen und erst zum Abendessen wieder nach Hause kommen«, erklärte er mir und meiner Mutter und alles, was wir als Reaktion zustande brachten, war ein stummes Nicken. Wir hatten beide große Panik davor, er könnte uns abermals mit Schlägen bestrafen. Krankhaft versuchte ich, nicht schon jetzt an das kommende Wochenende zu denken, deswegen wandte ich mich ab, machte mir stumm ein Marmeladenbrot und trank den Kakao, den mir meine Mutter schon zubereitet hatte. Die Minuten vergingen schweigend. Keiner äußerte sich mehr.

Dennoch störte auch die inzwischen stumme Frühstückssituation meinen Vater an diesem Morgen, er kam um den Tisch, trat vor mich hin und schlug mir das Brot aus der Hand.

»Jetzt pack deine Sachen zusammen und mache dich auf den Weg zur Schule!«, schrie er mich lautstark an. Erschrocken sprang ich von meinem Stuhl und rannte davon, um meinen Kram zusammenzusuchen. Keine fünf Minuten später joggte ich zur Schule und betete, dass mein neuer Stundenplan viele lange Schultage vorgesehen hatte. Gut war, dass wir erst August hatten, somit konnte ich noch zu Fuß zur Schule gehen und musste nicht mit dem Schulbus mitfahren. Leider war es in den Wintermonaten anders und nicht so toll, da es mit den Schneemassen und der ständigen Dunkelheit die über uns einbrachen, zu gefährlich gewesen wäre, zur Schule zu marschieren.

Die ersten Schultage waren schön, allein deshalb, da sie mir Stunden boten, in denen ich nicht zu Hause sein musste und somit meinem Vater nicht begegnete. Doch das Gerede der Kinder über meinen Vater und die Fragen, die sie mir wegen der häufigen Mitarbeit im Fischergeschäft stellten, nervten mich und stimmten mich mit jedem weiteren Tag missgelaunter.

Zum Glück bemerkten meine Schulkameraden meinen Stimmungswandel und hörten bald mit der lästigen Fragerei auf. Inzwischen war die erste Schulwoche fast rum. Als an diesem Freitagmittag die Schulglocke ertönte, ging es mit meiner Laune rapide bergab, da ich genau wusste, was mir morgen bevorstehen würde. Ein langer Arbeitstag mit meinem Vater, der unausstehlich sein würde, wenn er zuvor wieder zu viel Alkohol trank. Etwas, was er in letzter Zeit immer häufiger tat. Ich machte mir keine großen Hoffnungen, dass es dieses Mal anders sein würde.

Die Nacht zog sich extrem in die Länge, da ich vor Anspannung und Angst kaum ein Auge zubekam. Erst in den frühen Morgenstunden konnte ich ein wenig eindösen, doch als mein Vater nur wenig später in mein Zimmer preschte, kam es mir vor, als hätte ich keine fünf Sekunden geschlafen.

»Aufstehen, wir fahren in wenigen Minuten!«, plärrte er in den Raum und schlug die Tür hinter sich ins Schloss.

»Boah, ebenfalls einen guten Morgen, der Tag kann ja besser nicht beginnen.« Schimpfend bewegte ich mich aus dem warmen Bett und verfluchte diesen Tag bereits jetzt. Natürlich beeilte ich mich, um Filip – Vater konnte ich ihn einfach nicht mehr nennen – keinen Grund zur Wut zu geben, doch wie nicht anders zu erwarten, war sein Gemütszustand am Tiefpunkt angelangt, als ich nach unten kam.

»Das Frühstück hat deine Mutter schon eingepackt, das kannst du mitnehmen und in der Hütte essen, denn wir haben keine Zeit mehr«, sagte er schnippisch. Warum war er nur so? Ich konnte seinen miesen Charakter und seine abscheuliche Art an diesem Morgen einfach nicht verstehen. Es war doch heute noch gar nichts passiert. Das ungute Gefühl in meiner Magengegend wurde immer stärker und erdrückender. Ich gab meiner Mutter noch einen flüchtigen Kuss auf die Wange und dann machten wir uns schon auf den Weg.

Irgendwie kam er mir heute noch merkwürdiger vor als sonst immer und zu meinem Bedauern hatte mich mein Gefühl auch nicht getäuscht.

Filip trank den ganzen Tag über sehr viel Alkohol und sah mich oft mit eindringlichen Blicken an, sodass es mir jedes Mal kalt über den Rücken lief. Draußen wurde es bereits dunkel und normalerweise wären wir schon auf dem Nachhauseweg gewesen, die harte Arbeit war für heute getan. Dennoch machte er keine Anstalten zu gehen, was mich stutzig machte. Ich wunderte mich über sein Verhalten, daher fragte ich ihn, wann wir denn nun nach Hause gehen würden. Leider sollte ich dies direkt zutiefst bereuen. Er begann zynisch zu lachen und sah mich lüstern an. Prompt begann ich zu zittern, bekam regelrecht Angst vor ihm. Was hatte er vor? Das war doch nicht mehr mein Vater, auch nicht der sonst so wütende Filip. Plötzlich leckte er sich über die Lippen und ging auf mich zu, um mich kurz darauf auf den Boden zu stoßen. Ich konnte mich nicht rühren, traute mich nicht, auch nur zu atmen, denn in mir stieg Panik auf. Er beugte sich zu mir runter, ich konnte seinen ekligen Geruch nach Schnaps wahrnehmen und musste mich angewidert wegdrehen. Das brachte Filip noch mehr in Rage und reizte ihn so sehr, dass er mich unsanft auf die Beine zog, mir streng in die Augen blickte und mit gepresster Stimme sagte: »Du tust jetzt das, was ich dir sage. Wehe, du kommst auf die Idee, laut um Hilfe zu schreien, dann bringe ich dich um, das verspreche ich dir. Sei lieb, gehorche deinem Vater und gib dir gefälligst Mühe, so still wie möglich zu sein und jetzt setz dich auf die große Couch dort drüben.«

Ich musste tun, was er von mir verlangte, denn sein Blick sagte mehr als tausend drohende Worte und ich hatte große Angst, dass er sein Versprechen – seine Drohung! – wahr machen würde. Als ich dort saß, er mit dem Rücken zu mir stand und ich ihn ansah, gingen mir furchterregende Gedanken durch den Kopf. Fieberhaft überlegte ich, mit was ich ihn erschlagen könnte, wenn ich mich wehren müsste. Wer dachte schon so was? Doch ich fand nichts, ich sah einfach nichts, womit es funktionieren könnte – und somit musste ich mit der Furcht leben, dass er mir etwas antun würde.

Er trank einen weiteren Schluck aus seinem Flachmann – wie so oft an diesem Tag. Ich wusste genau, dass dieser täglich neu gefüllt wurde. Mit seinem eigens gebrannten Schnaps. Ich atmete tief durch und genau in dem Moment drehte er sich zu mir um und lächelte mich eigenartig boshaft und erregt zugleich an. Filip wackelte auf mich zu – er war betrunken! – und setzte sich so dicht neben mich, dass ich etwas von ihm wegrückte, doch er umfasste meinen Oberschenkel so fest, dass ich ihm nicht entfliehen konnte. Nicht seiner Nähe, nicht ihm.

»Du, mein Lieblingskind, bleibst schön brav hier sitzen. Alles, was in diesem Raum geschieht, bleibt auch in diesem Raum, das ist unsere gemeinsame Fischerhütte. Nora, du brauchst nicht mit der Hoffnung spielen, es deiner geliebten Mutter erzählen zu können. Denn erfahre ich, dass du auch nur ein Sterbenswörtchen von unseren Spielchen erzählt hast, bringe ich euch beide um, das kannst du mir glauben. Doch das will ich nicht tun, das weiß du, also sei schön artig und gehorche.« Ich sah ihn an und konnte mich nicht bewegen, so starr bin ich geworden, als er mit seiner Hand meinen Innenschenkel streichelte. Unbändige Lust spiegelte sich in seinen Augen. Das war so krank, so verkehrt. Mein Innerstes schrie auf, doch mein Mund blieb stumm.

»Du bist mein Kind, das ich über alles liebe, und diese Liebe werde ich dir jetzt auch schenken. Du bist alt genug, sie endlich körperlich zu spüren.« Ich ließ den aufkommenden Tränen einfach freien Lauf und konnte nur noch mit dem Kopf schütteln.

»Wehre dich nicht, dann geschieht dir auch nichts Schlimmes, Du wirst es genießen, denn du willst doch sicher deinen Papa glücklich machen«, flüsterte er mir so leise und dicht ans Ohr, dass ich seinen feuchten Atem auf meiner Haut spüren konnte. Mit einem Ruck stieß er mich nach vorne. Dann zog er die Couch auseinander, damit er mehr Platz hatte. Am Arm zog er mich wieder zu sich und machte sich an meiner Bluse zu schaffen, die ich heute trug. Als er es nicht schaffte, alle Knöpfe zu öffnen, zog er mir die ärmellose Bluse einfach über den Kopf und betrachtete meinen fast nackten Oberkörper. Mit beiden Händen berührte er meine kindliche Brust, schob meinen Büstenhalter nach unten und massierte meine Brustwarzen. Ein Schauder durchlief mich, und mit einem Mal wurde mir ganz kalt. Filip fluchte leise vor sich hin.

»Verdammte Scheiße, wirklich viel dran hast du ja noch nicht, aber wie soll es auch anders sein als bei deiner Mutter.« Mein Körper bebte vor Angst und die Tränen hörten nicht damit auf, über meine Wangen zu kullern. Es wurden immer mehr. Ich wollte einfach nur meinen Kopf ausschalten und darauf hoffen, dass der Albtraum bald ein Ende hatte. Dass es schnell vorüber war. Filip biss in meinen Busen und küsste anschließend meinen Oberkörper, fuhr mit seiner Zunge bis zu meinem Bauchnabel hinab. Als er mit seinen Fingern bei meinem Hosenbund angekommen war, änderte sich seine Stimmung abrupt und es ging rasch voran. Er riss meinen Bund auf, sodass der Knopf raussprang. Er begann zu schreien: »Ich werde dich jetzt nehmen, so hart und fordernd, wie es nie ein anderer in deinem Leben je tun wird. Du bist mein und das für immer und ewig.«

Filip machte sich sofort an meiner Hose zu schaffen, doch es konnte ihm nicht schnell genug gehen und somit befreite er nur ein Bein aus dieser, zerriss mir meine Unterhose und drückte dann meine Beine auseinander. Er sah sich meinen Intimbereich ganz genau an. Ich konnte nicht wegsehen, musste seinen Blicken folgen, um mich darauf vorzubereiten, was kommen würde. Auch wenn das unmöglich war.

Langsam fuhr Filip mit seinem Zeigefinger von meinem Bauchnabel ausgehend bis hinunter zu meiner Klitoris, und das Grinsen in seinem Gesicht wurde immer breiter.

»Tja, und das ist das Gute daran, dass du noch so jung bist, denn du hast fast noch keine Schambehaarung in deinem wunderschönen kleinen Intimbereich, mein Schatz, das gefällt dem Papa sehr. Es macht ihn richtig scharf.« Ich krallte meine Finger fest in die Couch und versuchte, ein klitzekleines Lächeln zustande zu bringen, damit ich ihn etwas beruhigen konnte. Damit er dachte, dass es mir ebenfalls gefiel. Dass ich das hier genauso genoss wie er, obwohl ich am liebsten sterben wollte. Vielleicht würde er es sich noch einmal überlegen. Vielleicht würde er nicht so grob zu mir sein, wenn er annahm, ich liebte seine Nähe. Mein gespieltes Lächeln war so ziemlich das Schwierigste in meinem Leben, das ich bisher hatte machen müssen.

Lange streichelte er mich nur, küsste meinen Körper und war zum Glück sogar einigermaßen zärtlich dabei. Doch seine Gewalt war eben hier nur anderer Natur. Bei jeder Berührung von ihm kam mir die Galle hoch und ich musste mich konzentrieren, mich nicht zu übergeben. Als er hörte, dass sein Telefon klingelte und ihm klar wurde, dass er aufstehen musste, war seine gute Laune sofort wieder verschwunden. Filip sah auf das Display und dann zu mir.

»Typisch, sie muss ja immer stören, das wird sie mir heute noch büßen, deine Mutter.«

Er ging ans Telefon, schrie hinein und versuchte so, ihr zu verstehen zu geben, dass sie gerade störte und es nicht mehr allzu lange dauern würde, bis er mit mir heimkam. In diesen kurzen Augenblicken, wo er mich nicht ansah, überlegte ich und sah mich in der Fischerhütte um, ob es denn nur irgendeine Möglichkeit gäbe, schnell von hier zu verschwinden. Die Zeit war allerdings zu knapp und als ich wieder zu ihm blickte, beendete er bereits das Telefongespräch. Filip kochte vor Wut und nun nahm er sich keine Zeit mehr, denn in Sekundenschnelle stand er abermals über mir und blickte mich gierig an. Danach öffnete er rasch seine Hose und zog sich direkt vor meinem Gesicht aus.

»Mein Liebling, ich werde dir jetzt erklären, was du genau zu tun hast. Ich kann dir nur raten, bemühe dich.« Da sich meine Stimme längst verabschiedet hatte, konnte ich nur heftig nicken, während Filip mich nach oben zog.

»Du wirst jetzt direkt vor mir sitzen, während ich deine Hände in meine nehme und sie anschließend auf meinen Penis lege. Dann zeige ich dir, welche Bewegungen du machen musst, damit du mich befriedigen kannst. Du musst gut aufpassen, das ist sehr wichtig. Du willst doch, dass es dem Papa gut geht, nicht wahr?«, grinste er diabolisch und ich musste mir so fest auf die Unterlippe beißen, damit er nicht sah, wie sehr ich zitterte. Vor Schock und Angst biss ich so fest zu, dass ich Blut in meinem Mund schmeckte.

Mit meinen Händen musste ich seinen Penis umfassen und Auf- und Abwärtsbewegungen machen, danach verlangte er von mir, dass ich ihn in den Mund nahm. Mir wurde erneut speiübel und ich musste mich zusammenreißen, damit ich ihm nicht vor die Füße kotzte. Natürlich konnte ich mich ihm nicht widersetzen, denn als ich versuchte, den Kopf zu schütteln, um ihm damit zu verdeutlichen, dass ich das nicht tun wollte, riss er mich an den Haaren zurück und sagte erbost: »Öffne sofort deinen Mund wieder, du Biest.«

Ich tat es ganz langsam und er führte mir danach sein Glied in den Mund, zum Glück war er nicht zu grob, sondern genoss die langsamen Bewegungen. Keine zwei Minuten später spürte ich eine warme, abscheulich schmeckende Flüssigkeit in meinem Mund, ehe er sich mir entzog. Dann war es so weit, ich konnte es nicht mehr zurückhalten, lehnte mich seitlich an Filip vorbei und musste mich übergeben. War ich froh, dass er mich nicht beschimpfte und mir mit Schlägen drohte, doch das kam wahrscheinlich davon, dass er übers ganze Gesicht strahlte und sich gemütlich auf die ausgezogene Couch legte. Es war für mich so furchtbar schlimm, dass ich mich nicht traute, mich zu bewegen, sondern wartete, bis er mir irgendwelche Anweisungen gab.

Einige Sekunden vergingen, die mich innerlich quälten, doch es kamen keine Befehle – er war einfach selig eingeschlafen. Eingeschlafen, obwohl ich den Horror meines Lebens durchmachen musste. Wie gelähmt kniete ich am Boden, während in mir etwas zerbrach. Nach etlichen Minuten stand ich auf und zog mich schließlich wieder an. Dabei fühlte ich mich so dreckig, so benutzt, so am Ende. Als ich einen Kübel mit

Wasser holte, um die Kotze wegzuwischen, wurde er wach und schrie mich an: »Wenn ich angezogen bin, machen wir uns auf den Heimweg, also beeile dich lieber mit der Sauerei hier. Ist ja nicht zu fassen. Das nächste Mal will ich das nicht mehr sehen.«

Kein Wort kam über meine Lippen, ich zitterte am ganzen Leib und die Tränen suchten sich ganz von alleine weiter ihren Weg über meine Wangen.

Nach ein paar Minuten saßen wir im Wagen und fuhren nach Hause. Ich wollte nur noch in mein Bett und mich darauf freuen, dass endlich wieder Montag wurde und ich in die Schule gehen durfte. Vielleicht konnte ich dort diesen Albtraum für kurze Zeit vergessen. Das hoffte ich zumindest und starrte aus dem Fenster. Draußen war es kalt, nass und trüb. Dieses schreckliche Wetter passte genau zu meiner von nun an in mir wohnenden Traurigkeit.

»Nora, ich sage es dir jetzt noch ein letztes Mal, was eben in dieser Hütte zwischen uns geschehen ist und in Zukunft noch vermehrt geschehen wird, geht nur mich – deinen lieben Vater – und dich etwas an. Dieses Geheimnis gehört nur uns beiden und ich hoffe für dich, dass du es nicht zerstörst. Ich vertraue dir.«

Weiterhin aus dem Fenster blickend, erwiderte ich nur leise: »Ja, ich habe dich verstanden.« Er lachte laut auf.

»Mein braves Mädchen.« Kurz legte er seine Hand auf mein Knie und nickte, ehe er sie wieder wegzog und sich auf die Straße konzentrierte.

Mutters Verdacht

NORA

Im letzten Jahr hatte sich in meinem Leben nicht wirklich viel verändert, und das ist zu meinem Bedauern nichts Positives. Andere Kinder in meinem Alter trafen sich mit ihren Freunden oder durften eine Geburtstagsparty veranstalten. Wurden von ihren Eltern auf die übliche Weise geliebt. Doch ich, ich hatte rein gar nichts von dem Ganzen – keine Freunde, natürlich auch keine Geburtstagsfete. Und die Liebe von Filip – meinem Vater! – war unglücklicherweise alles andere als schön. Er liebte mich so krankhaft, dass ich ihn fast jedes Wochenende, wenn ich ihm in der Fischerhütte half, mit meinen Fingern und meinem Mund befriedigen musste. Diese Liebe, wie er es immer nannte, war alles andere als schön, geschweige denn normal.

Nachdem ich die ersten paar Monate überstanden hatte, kam meiner Mutter mein stilles und mehr als zurückhaltendes Verhalten merkwürdig vor und sie fragte mich, ob mit mir alles in Ordnung sei. Lügen hasste ich über alles, außerdem war ich nie gut darin, welche zu erzählen, dennoch sagte ich ganz leise zu ihr: »Ja, Mama, alles ist gut.«

Meine Mutter kannte mich natürlich gut und wusste, dass ich ihr eine Lügengeschichte auftischte. So war es nicht verwunderlich, dass sie mich weiter ausfragte.

»Schatz, ich habe jetzt eine wichtige Frage an dich und du musst nichts sagen, sondern einfach nur nicken.« Mit weit geöffneten Augen sah ich meine Mutter an und wartete in Panik versetzt auf ihre Frage.

»Ich habe nun schon einige Male zerrissene Unterwäsche und Klamotten bei dir unterm Bett gefunden. Das kommt immer nach den Wochenenden vor, an denen du deinem Vater im Fischereigeschäft helfen musst. Es fällt mir sehr schwer, darüber zu reden oder dich das zu fragen, aber dein Vater ... ja ... ähm, hat er dich berührt oder ... dich sexuell belästigt?«

Genau, wie ich es vermutet hatte, kam diese eine Frage – die, die ich um nichts in der Welt hatte hören wollen. Ich konnte ihr keine Antwort geben und brachte nicht einmal mein sonst so geliebtes Nicken zustande, es war mir einfach nicht möglich und die Tränen kamen über mich.

»Es tut mir leid, Mama.« Das war alles, was aus meinem Mund kam, dann drehte ich mich um und verkroch mich in meinem Zimmer. Sie eilte mir nicht nach, etwas, was mich wenigstens ein bisschen beruhigte. Als mich meine Mutter jedoch fast zwei Stunden später zum Essen rief, kam der nächste Kloß in meinem Hals auf und ich hatte ein ungutes Gefühl. Dennoch folgte ich ihrer Aufforderung, zum Esstisch zu kommen, da wir jeden Tag gemeinsam aßen. Es war anfangs sehr still und niemand sprach etwas beim Abendessen. Meiner Mutter war es zu still und schnell verfiel sie in allgemeines Gefasel über den Tag. Ich begann Mutters belangloses Gequatsche zu übernehmen, damit Filip keinen Verdacht schöpfte, dass meine Mutter Bescheid wusste. Aber er war nicht blöd und ließ sich nicht täuschen.

»Was wird hier gespielt? Warum sagst du heute nichts von Belang, Hedda, gibt es ein Problem?«

Oh, oh, das waren die falschen Fragen, die er seiner Frau stellte, denn meine Mama konnte sich nicht mehr zurückhalten und brach in regelrechte Zornesausbrüche aus.

»Du fragst mich, was hier gespielt wird? Du machst heimliche Sexspielereien mit unserer Tochter, die noch ein Kind ist, mich schlägst du und nun fragst du mich ernsthaft, ob es ein Problem gibt?« Meine Mutter stand auf und ging um den Tisch herum – auf meinen Vater zu. Sie blieb vor ihm stehen und stütze sich mit den Händen auf dem Tisch ab und sah ihm kalt in die Augen.

»Jetzt sage ich dir mal was, auch wenn ich danach mit Sicherheit wieder von dir zusammengeschlagen werde, aber das ist mir gerade total egal. Hier geht es um meine Tochter. Das einzige Problem, das es gibt, bist du. Du bist schuld daran, dass uns unsere Söhne verlassen haben, denn die konnten genauso wenig mit deinem Charakter umgehen wie wir. Tja, und an wem lässt du das jetzt aus? An deiner Frau und deiner kleinen Tochter. Das Traurige daran ist, du schämst dich nicht mal dafür. Die Leute aus dem Dorf reden schon über uns, weil wir uns zu Hause einsperren müssen und nirgends mehr gesehen werden. Doch dir ist das alles schnuppe und scheißegal.« Filip hörte ihr ganz genau zu und zu unser aller Verwunderung stand er danach einfach auf, nahm sich seinen Flachmann von der Küchentheke und verließ stumm das Haus. Mutter und ich sahen uns an und wagten es in den ersten Minuten nicht, auch nur ein Wort miteinander zu wechseln. Nachdem wir das Auto wegfahren hörten, stießen wir unsere angehaltene Luft aus, und die Anspannung, die sich während des Essens um uns beide gelegt hatte, ließ schlagartig nach.

»Was ist denn mit dem auf einmal los? Also, nachdem du ihm alles an den Kopf geworfen hast, dachte ich eigentlich, nun würde er dich mit Schlägen bestrafen oder mich in die Fischerhütte schleppen. Aber das er einfach aufsteht und ohne ein böses Wort oder körperliche Aggressionen abhaut, damit hätte ich nicht gerechnet.« Hedda sah auf und stimmte mir kopfschüttelnd zu.

»Freu dich nicht zu früh, das kommt alles noch auf uns zu und es wird nicht lange auf sich warten lassen.«

Seit dem Streit beim Abendessen waren ein paar Tage vergangen, ohne dass mein Vater uns in irgendeiner Form für Mutters Ausbruch bestraft hatte. Als ich jedoch an diesem Freitag von der Schule nach Hause kam, stand Filip bereits in der Tür und wartete auf mich.

»Zieh dich um, trag die Schulsachen in dein Zimmer und komm sofort wieder runter, denn wir fahren jetzt zusammen in die Fischerhütte. Habe dich lange genug geschont, doch heute brauche ich dich.« Sein Blick war eisig und ich wusste, dass heute Schlimmeres als sonst auf mich zukommen würde, doch was konnte ich schon machen? Abhauen ging leider schlecht, ich war ja noch nicht volljährig und auf meine Eltern angewiesen. Ich musste mich innerlich beruhigen und sagte mir immer und immer wieder: *Augen zu und durch.*

Als wir wenig später bei der Hütte ankamen, ahnte ich schon, dass Filip das Geschäft heute nicht noch mal öffnen würde. Kaum waren wir eingetreten, verriegelte er die Tür rasch und drehte sich zu mir um.

»Hast du allen Ernstes geglaubt, die Anschuldigungen deiner Mutter würde ich euch so durchgehen lassen?«, spottete er. Ich sah ihn an und brachte wieder einmal nichts über die Lippen. Er schlug mir fest ins Gesicht und zerrte mich auf seine bereits ausgezogene Couch. Er schien dieses Mal gut vorbereitet zu sein.

»Lange habe ich dir eine Schonfrist gegeben, dich liebevoll und zärtlich behandelt, doch damit ist jetzt endgültig Schluss. Jetzt wirst du erfahren, wie es sich anfühlt, wenn ich nicht nur fein mit meinen Fingern in dich eindringe. Du nicht nur mein köstliches Glied mit deinen Lippen kosten darfst. Nein, ab heute werde ich dich hart nehmen und du wirst für immer mir gehören. Und du wirst es genießen, sonst vergesse ich mich. Hast du das verstanden?« Bei seinen Worten nahm meine Angst vor diesem Mann und allem, was noch kommen würde, eine ungeahnte Intensität an. Ich konnte nur voller Schrecken ahnen, was er mir heute antun würde. Eines war mir allerdings klar: Ich musste alles tun, was er von mir verlangte, um nicht erschlagen zu werden. Ich konnte meine Mutter mit diesem Dreckskerl doch nicht alleine lassen.

Filip trank wieder einmal einen großen Schluck aus seinem Flachmann, den er immer bei sich trug, und dann kam er zur Couch und betrachtete mich lüstern.

»Heute ist ein besonderer Tag für uns beide, mein Schatz. Betrachte es als dein frühzeitiges Geburtstagsgeschenk und als etwas ganz Wunderbares, was du heute von mir lernen darfst. Doch jetzt zieh dich erst einmal aus, mach dich schön nackig für Papa.« Seine Worte ließen mich frösteln. Eine innere Kälte breitete sich schlagartig in mir aus und nahm mir fast die Luft zum Atmen. Ihm in die Augen sehen, das konnte ich nicht. Schon lange nicht mehr, denn ich fühlte nur noch unbändigen Hass und mir grauste es vor ihm. Dennoch tat ich, wie er mir befohlen hatte.

Langsam öffnete ich meinen Gürtel und den Reißverschluss, ich wartete einen kurzen Augenblick, weil ich es einfach nicht wollte. Nein, ich wollte mich nicht vor meinem kranken Vater ausziehen. Doch als Filip bemerkte, dass ich zögerte, zog er stark an meinem Gürtel und wedelte kurze Zeit später drohend damit in der Luft herum.

»Tu gefälligst, was ich dir befohlen habe, denn sonst zieh ich dir diesen Lederriemen um deinen – bald – nackten Oberkörper, und das, meine liebe Tochter, würdest du bereuen«, stichelte er mich gereizt und ich musste tun, was er von mir verlangte.

Als ich mich von meinen Klamotten befreit hatte, musste ich mich auf den Bauch legen und die Hände nach vorne ausstrecken. Eine unbeschreibliche Panik überkam mich, als ich merkte, wie Filip meine Hände an den Tisch, der neben der Couch stand, band.

Was hatte er mit mir vor? Wollte er mich schlagen?

Er fuhr mit dem Arm unter meinen Bauch und hob mein Becken an, sodass ich nun auf dem Sofa kniete, dann holte er mit der flachen Hand aus und schlug mir dreimal so fest auf meinen Po, dass ich vor Schmerz laut aufschrie, weil es so sehr brannte.

»Ja, du kleines, junges, geiles Luder, deine lauten Schreie werden dir nicht weiterhelfen. Sie machen mich nur noch mehr an. Es ist einfach ein tolles Gefühl, dass du mir so ausgeliefert bist und mir deinen engen Arsch entgegenstreckst«, waren seine letzten Worte, bevor er sich seine Hose runterzog, aufstand, um die Couch eilte und sich mit seinem prallen Glied vor mich positionierte.

»Nimm ihn in den Mund und verwöhne mich ein bisschen, mein Mädchen. Mach ihn so richtig feucht, wie du es schon gelernt hast.« Natürlich tat ich erneut das, was er von mir forderte, denn die Angst in mir war viel zu groß, als dass ich mich hätte zur Wehr setzen können. Ich hoffte nur, dass ich bald wieder in meinem Bett sein und von der Arbeit auf einer Husky-Farm träumen konnte. Denn das war mein Traum, meine Erlösung, an die ich mich festklammerte, wenn das Leben zu hart wurde. Eines Tages würde ich mir diesen Wunsch erfüllen. Es musste einfach so sein, was hatte mein Leben sonst für einen Sinn? In letzter Zeit wurde dieser Traum immer mehr zu meiner Zuflucht.

Es dauerte nicht lange, dann zog Filip seinen Penis wieder aus meinem Mund und eilte um mich herum. Er kniete sich hinter mich, legte beide Hände auf meine Pobacken und massierte sie in einem quälend langsamen Rhythmus.

»Mein Mädchen, jetzt kommt der schöne Teil dieses Abends, ich werde jetzt langsam tief und hart in dich eindringen. Das heißt, ich habe jetzt endlich und nach langer Warterei das erste Mal echten und vor allem wilden Sex mit dir. Nicht so lahm, wie es in der Vergangenheit war, das war nur langweiliger Blümchensex. Wobei, nicht mal das. Du wirst sehen, es wird dir gefallen, das ist doch der Traum eines jeden Mädchens, endlich einen prallen Schwanz in seiner feuchten Enge zu spüren.«

Nach diesen psychisch kranken Worten von Filip war ich still, zitterte am ganzen Körper und blickte starr auf einen Fleck auf dem Polster. In diesem Augenblick sehnte ich mich zutiefst danach, weit weg von hier zu sein – auf einer wunderschönen Husky-Farm, auf der ich mit den freundlichen Hunden arbeiten konnte. Auch wenn ich mich zusammenreißen wollte, ich konnte mir die Tränen nicht verkneifen, sie kamen einfach und rannen über meine Wangen. Ich wollte und konnte nicht mehr, das war jetzt alles zu viel für mich. Und als er dann auch noch von mir verlangte, seine Bewegungen mitzumachen, rührte ich mich einfach nicht mehr. Alles in mir war taub, tot. Ich war tot.

»Ach, so ist das? Du widersetzt dich meinen Anweisungen? Okay, wenn du es nicht anders willst, werde ich nun nicht mehr so liebevoll zu dir sein. Jetzt kommt es hart auf hart. Für den Papa ist das nur noch geiler, wirst schon sehen.« Filip umklammerte mit seinen Händen meine Hüften und stieß zu, immer fester und fester. Es tat so höllisch weh, ich betete und hoffte nur, dass es bald ein Ende haben würde. Zum Glück war es auch so. Als er nach einigen Minuten einen Lustschrei ausstieß, zog er seinen Penis aus mir heraus und stand abrupt auf. Er band mich los und sah mich hasserfüllt an.

»Du kannst zu Fuß nach Hause gehen, denn ich bleibe diese Nacht hier in der Fischerhütte. Und jetzt ab mit dir.«

Obwohl mein Körper so sehr schmerzte und ich mich kaum rühren konnte, zog ich mir meine Klamotten schnell über, um sofort aus dieser Hütte verschwinden zu können. Es überraschte mich selbst, dass ich diese Kraft noch aufbringen konnte. Ich lief so zügig, rannte förmlich und konnte nicht damit aufhören – in meinem Kopf rannte ich um mein Leben, ich eilte von diesem Bastard davon. Als ich dennoch erst nach einer gefühlten Ewigkeit daheim ankam, verlor ich kurz vor meiner Zimmertür das Bewusstsein.

Als ich erwachte, wusste ich anfangs nicht so recht, wo ich mich befand. Verwirrt sah ich mich um und erkannte, dass ich in meinem Bett lag.

Wie war ich hergekommen und wie spät war es jetzt wohl schon? Ich ließ einen Seufzer entweichen, und schon war meine Mutter an meiner Seite.

»Liebling, wie geht es dir? Ist alles in Ordnung, brauchst du einen Arzt?« Sie war so traurig und wollte nur das Beste für mich, wollte mir helfen, das hörte ich ihr an. Und doch konnte sie gegen unsere verdammte Situation nichts tun. Kopfschüttelnd wollte ich mich aufsetzen, doch prompt kamen die Schmerzen wieder in mir hoch und mit ihnen die Erinnerung an Filip und was er alles mit mir getan hatte. Ich nahm die Hand meiner Mutter und blickte sie traurig an.

»Mama, wie spät ist es denn? Ist er schon zu Hause?« Hedda schüttelte den Kopf und ich atmete beruhigt aus.

»Liebes, du hast Angst vor ihm, was hat er denn bloß mit dir getan? Hat er dich geschlagen?« Abermals konnte ich nur den Kopf schütteln und meine Mutter wusste genau, was geschehen war. Ihr Blick verzog sich vor Entsetzen.

»Er … hat … dich wieder vergewaltigt?« Hedda sah mich schockiert an und die Tränen liefen über meine Wangen. Und über ihre.

»Oh mein Gott, ich hasse diesen Mann über alles, wie konnte ich mich bloß jemals in so einen Menschen verlieben? Nora, Schatz, es tut mir so leid, es tut mir von Herzen leid, was dir in deinen jungen Jahren schon angetan wird. Und dann auch noch von deinem eigenen Vater. Ich würde dir so gerne helfen und dich von diesem Leben hier befreien. Auch wenn es sich schlimm anhört, doch irgendwie muss ich versuchen zum Arzt zu kommen, um dir ein Verhütungsmittel zu besorgen, denn wir wissen ja nicht was dieser Mistkerl noch alles vorhat.« Meine Mutter weinte verzweifelt und drückte mich ganz fest an sich, denn auch wenn es schwer für mich zu verstehen war, ich wusste, sie konnte nichts dafür und sie tat mir einfach leid. Ich hatte keine Ahnung, wie lange wir so beisammensaßen. In den Armen meiner Mutter schlief ich schließlich erneut ein.

Am nächsten Morgen erwachten wir in den frühen Morgenstunden, waren froh, dass Filip sich die ganze Nacht nicht hatte blicken lassen. Hedda machte sich daran, den Frühstückstisch zu decken, doch ich selbst brauchte vorher unbedingt eine reinigende Dusche. Kurze Zeit später stand ich unter dem heißen Wasserstrahl, schruppte meinen Körper mit Seife nur so ab, immer und immer wieder und so fest, dass meine Haut schon brannte, doch ich wollte unbedingt *sauber* werden und alles andere vergessen.

Als meine Mutter und ich in der Küche beim Frühstück saßen, legte sich eine erdrückende Stille über uns, da wir nichts miteinander sprachen. Es war Samstagvormittag und normalerweise war das für mich der schwärzeste Tag der Woche, da ich meistens den ganzen Tag mit meinem Vater verbringen musste, doch heute schien alles anders zu sein. Auch Hedda kam die vermeintliche Ruhe schon merkwürdig vor und sie sah mich fragend an.

»Sag mal, hat dein Va... ähm ... hat Filip irgendwas zu dir gesagt, wann er nach Hause kommt oder so?«

»Nein, seine einzigen Worte waren, dass ich zu Fuß nach Hause gehen kann, denn er würde in der Fischerhütte schlafen.« Hedda nickte und blickte zu Boden.

»Na, vielleicht hat er sich nun endlich zu Tode gesoffen.«

»Ach, Mutter, niemals. Doch lass uns nicht darüber reden und einfach die Zeit genießen, in der er nicht hier ist. Heute kann ich dir sogar mal beim Putzen behilflich sein.«

»Das brauchst du nicht, mein Schatz. Heute nicht. Nicht, nachdem das gestern passiert ist. Bleib im Bett und erhole dich.«

»Nein Mama ich brauche diese Ablenkung, denn nur hier herum zu liegen würde mich verrückt machen.«

Dieser Tag war für uns beide schön und eine echte Erholung, leider nur bis zum Abend hin. Wir hatten es genossen, die Musik in unseren Ohren zu hören. Viele der Lieder, von denen wir uns hatten beschallen lassen, sangen wir noch immer leise vor uns hin. Alles konnte so schön und einfach sein, wenn er nicht mehr in unserem Leben wäre. Leider war er es aber, und viel zu schnell kam er zurück. Mit seiner Heimkehr begann an diesem Abend wieder der reinste Horror – für mich und meine Mum.

Brüllend und betrunken stürmte er zur Küche herein, in der Mutter und ich gerade summend das Abendessen kochten. Er rannte auf mich zog, zog mich so fest an den Haaren, dass es mir die Tränen herausdrückte, und schrie: »Wann habe ich dir denn erlaubt, dass du an einem Samstag nicht mehr bei mir in der Fischerhütte aushelfen musst? Ehrlich gesagt, ich weiß nichts davon. Nur weil du gestern alleine nach Hause gehen durftest, glaubst du auf einmal, du hast die Narrenfreiheit, von der Arbeit fernzubleiben? Oder wie darf ich das verstehen?« Ich wollte mich rechtfertigen und ihm eine Antwort geben, doch dazu kam ich nicht, denn er schlug mir so fest ins Gesicht, dass mir die Stimme wegblieb. Meine Mutter ging dazwischen und stieß ihn von mir weg. Sie wollte mich beschützen, denn sie liebte mich über alles. Das wusste ich.

»Ich habe Nora gesagt, dass sie zu Hause bleiben und mir beim Putzen und Kochen helfen soll, denn ich hatte heute Morgen so schlimme Kreuzschmerzen, dass ich kaum aus dem Bett kam.« Filip lachte bitter auf, mit einem so grausamen Sarkasmus in der Stimme, dass es mir kalt über den Rücken lief und ich schlagartig fröstelte.

»Meine Frau jammert vor Schmerzen, dass ich nicht lache. Von was kannst du denn schon Schmerzen haben? Du hast in deinem ganzen Leben noch nie hart arbeiten müssen, dank mir. Unsere Söhne haben uns verlassen und jetzt muss ich seit Jahren alles selbst und alleine machen, habe täglich schwere Arbeit zu leisten. Doch hörst du mich jemals jammern, dass mir etwas wehtut?« Filip stellte diese absurde Frage mit so einem scharfen Ton in den Raum, dass wir beide mucksmäuschenstill blieben und gar nichts darauf antworteten. Natürlich gefiel es ihm überhaupt nicht, dass niemand seine Aussage bestätigte und somit schlug er wieder zu. Er stieß meine Mutter zu Boden, die sich vor Schmerzen nur so krümmte. Danach drehte er sich um, ging zur Tür und ergriff den Besen, der neben dieser an der Wand an einem Haken hing. Er drehte ihn drohend zwischen seinen Händen, bevor er mit dem Besenstiel unzählige Male auf sie einschlug. Hedda hatte keine Kraft mehr, um zu schreien. Sie blieb einfach liegen, während ich große Angst um meine Mutter hatte. Angst, dass sie dieses Mal sterben würde. Angst, dass sie mich alleinließ mit dem Monster. Doch ich war zu schockiert und zu verstört, um reagieren zu können. Geschweige denn, mich überhaupt rühren zu können.

Hohn und Abscheu

Melåa, Sommer 1984

NORA

Die Wochen und Monate wurden immer schlimmer, die letzte Genesung meiner Mutter, nachdem Filip sie mit dem Besen zusammengeschlagen hatte, dauerte ewig an. Wir mussten mit ihr in das nächste Krankenhaus fahren, da einige Rippen und ihre Hand gebrochen waren, natürlich wurde ich von Filip dazu gezwungen, den Ärzten zu sagen, meine Mutter wäre von der Stiege daheim gefallen. Leider wurde meiner Geschichte Glauben geschenkt, obwohl ich wieder und wieder mit allen Mitteln versuchte, die Ärzte irgendwie spüren zu lassen, dass *er* an allem schuld war. Bedauerlicherweise gelang es mir nicht. Somit konnte Filip weiterhin wüten, wie er wollte. Seine Gewaltausbrüche wurden für mich noch härter und die Vergewaltigungen immer schlimmer und immer mehr. Inzwischen war es Juli, und für mich wurde dieser Monat zum traurigsten des ganzen Jahres. Mein Geburtstag stand vor der Tür, doch auf diesen freute ich mich schon lange nicht mehr. Er hatte für mich an Bedeutung verloren. Leider kam noch hinzu, dass ich ein ständiges Ziehen in meinem Unterleib verspürte – seit geraumer Zeit schon – und ich des Öfteren merkwürdige Bauchschmerzen hatte. Zu meinem Bedauern dauerte die Schule nur noch ein paar Wochen an, dann musste ich noch mehr in der Fischerhütte arbeiten, aber möchte ich mir unbedingt einen Aushilfsjob suchen, bei dem ich auch Geld für meine Arbeit bekam. Schön wäre eine Arbeit an der Strandpromenade, denn ich liebte die Natur und das Rauschen des Meeres. Es legte sich stets wie Balsam um meine geschundene Seele. Hätte ich ein normales Familienleben, könnte ich mir keinen besseren Platz zum Leben wünschen als hier. Bei uns war die Landschaft wunderschön grün, wir hatten viele Seen und ein tolles Gebirge zum Wandern, und natürlich ein tiefblaues Meer, das für Bewohner und auch Touristen eine Attraktion bot. Hin und wieder schweiften meine Gedanken zurück in die Zeit, die wir als *normale* Familie erlebt hatten. Als meine Brüder noch bei uns gewesen waren und alles eine heile Welt für mich war, spazierten wir oft am Strand entlang oder wanderten tagelang in das Gebirge hinein, um die Nordlichter entdecken zu können.

Und jetzt wäre es mir am liebsten, ich könnte nach Harstad zum Arbeiten gehen, das war eine Stadt die sehr nahe lag, und dort gab es viele Hotels, die sicher einen Job für mich hätten. Doch das würde dieses Arschloch von Filip niemals zulassen, aber ich verlor die Hoffnung nicht und wusste genau, dass ich irgendwann in meinem Leben das bekam, was ich mir sehnlichst wünschte.

An diesem warmen Mittwochvormittag schickte mich die Lehrerin vorzeitig nach Hause, da sie merkte, dass es mir total dreckig ging. Ich war froh darüber, als ich ein wenig später in meinem Bett lag. Von Ausruhen konnte ich jedoch leider nur träumen, weil einer von Filips Spitzeln ihm gleich gesteckt hatte, dass ich früher von der Schule nach Hause gekommen war.

»Warum bist du schon hier?«, kam er wütend in mein Zimmer gerannt und eilte an mein Bett. Meine Mutter stand hinter ihm.

»Ich konnte nicht mehr sitzen. Schon seit einigen Wochen habe ich immer wieder solch schlimme Bauchschmerzen, dass ich mich kaum rühren kann. Und ich weiß nicht, woher die kommen«, gab ich wehleidig zur Antwort. Filip lachte höhnisch und drückte meine Hände fest in die Matratze.

»Du klagst schon genau so viel wie deine lästige Mutter. Willst du wissen, warum du immer solche jämmerlichen Bauschmerzen hast?« Filip sah mich hasserfüllt an und schlug mir kurz darauf heftig ins Gesicht. Meine Mutter wollte ihn von mir wegzerren, doch sie hatte keine Chance gegen ihn, im Gegenteil, er schubste sie von sich weg und dann stürzte Mutter zu Boden. Es tat mir so unendlich leid, dass meine Mum immer was davon abbekam und ich hasste dieses Leben, das wir leben mussten.

»Sieh dich doch an. Wie Fett du geworden bist in letzter Zeit. Friss nicht so viel, dann hast du auch keine Schmerzen und kannst wieder normal zur Schule gehen und dich auf den Fischverkauf konzentrieren – und auf mich.« Jetzt reichte es meiner Mutter und sie stellte sich auf die andere Seite meines Bettes, das unter einem großen Fenster stand. Als ich noch ein kleines Mädchen war, hatte ich Angst vor der Dunkelheit und wollte immer in der Nähe des Lichtes sein. Da mein Zimmer sehr geräumig war, konnten wir mein Bett mitten im Raum unter dem wunderschönen Holzfenster platzieren. In der rechten Ecke befand sich mein Schreibtisch mit einer kleinen rosaroten Stehlampe und gegenüber davon mein wirklich viel zu kleiner Kleiderschrank. Mutter und ich würden so gerne mal shoppen fahren, neue Klamotten und neue Schuhe kaufen, doch das ließ Filip im Leben nicht zu. Er meinte stets, wir hätten ihn schon genug Geld gekostet und sollten lieber dankbar sein für das, was er uns bot.

»Du glaubst, deine geliebte Tochter wird kräftiger, weil sie zu viel isst? Also, du bist ja wirklich zu doof, um bis drei zu zählen.« Als er gerade Anstalten machte auf Hedda zuzugehen, hob sie die Hand und ließ einen regelrechten Wutschrei los: »Jetzt bist du mal still, denn ich rede.« Sie hatte so einen bissigen Ton drauf, dass Filip wirklich stehen blieb und ihr erschrocken zuhörte.

»Seit einem guten Jahr vergreifst du dich sexuell an deiner eigenen Tochter, die noch ein Kind ist, und glaubst, hier kann nichts passieren?« So böse und mit einer derart rasenden Wut im Bauch, so habe ich meine Mutter schon lange nicht mehr gesehen. Sie schrie Filip weiter an.

»Wenn ich mit meiner Tochter das Haus verlassen dürfte, wäre ich schon längst mit ihr zum Arzt gefahren. Denn ja, auch wenn du es nicht siehst oder nicht sehen willst, deine eigene Tochter bekommt ein Kind von dir. Bei all deinen kranken Spielchen hast du nicht einmal an Verhütung gedacht.« Ich wollte es nicht hören, auch wenn ich es schon eine Zeit lang vermutet hatte. Nun hatte ich von meiner Mutter die Bestätigung dazu bekommen.

Es war so krank, meine Familie war so verquer. Ich konnte an nichts anderes denken als an das perverse Verhalten meines kranken Vaters. Mein ganzes Leben war so kaputt und jetzt wuchs sogar noch ein Baby in mir heran, obwohl ich selbst fast noch ein Kind war. Weinend schüttelte ich den Kopf, wollte es einfach nicht wahrhaben.

Filip ging wortlos im Zimmer auf und ab, er war kreidebleich im Gesicht geworden, und man merkte ihm an, dass ihn die Aussage meiner Mutter auf den Boden der Tatsachen zurückholte.

»Du spinnst dir was zusammen. Das kann doch wohl nicht wahr sein, dass Nora in ihrem Alter nicht irgendwelche Verhütungsmittel nimmt, daran muss sie schon selbst denken, ist ja auch schon alt genug dafür. Oder zumindest du hättest daran denken müssen. Du hast als Mutter versagt.« In meinem Zimmer war es so still, dass es schon fast unheimlich war, und ich hoffte, dass diese Szene bald vorbei sein würde. Filip kam erneut zu meinem Bett und sah mich mit einem Blick an, den ich nicht beschreiben konnte.

»Deine Mutter soll mit dir zum Arzt fahren, damit wir Gewissheit haben. Wenn sich die Vermutung der Schwangerschaft bestätigt, dann wird das niemand erfahren. Du treibst ab oder – wenn es dafür schon zu spät ist – bleibst du bis zur Geburt zu Hause. Danach gibst du das Baby sofort weg, verstanden? Keine Ahnung, wie du oder, besser gesagt, ihr das anstellt, aber das ist dann die Aufgabe deiner Mutter. Sie wird das erledigen, ich will damit nichts mehr zu tun haben. Und auch nichts mehr davon hören, sonst knallt es.« Das waren seine letzten Worte, bevor er polternd das Haus verließ, während sich meine Mutter zu mir aufs Bett setzte und mich in die Arme nahm. Wir weinten beide bitterlich und fanden keine Worte für diese absurde und alles verändernde Situation.

Ein paar Tage später kam der Tag, an dem mich meine Mutter zum Frauenarzt bringen sollte. Die Angst und Anspannung, die sich in mir breitmachten, während ich mit ihr das Haus verließ, brachten mich so weit, dass mein ganzer Körper zitterte.

»Mein Schatz, alles wird gut, ich bin immer an deiner Seite und werde dich nie alleinlassen. Bitte, vergiss das nicht.« Diese Worte zu hören, tat gut und es gab mir ein wenig Kraft, doch die innerliche Panik ging deswegen nicht weg. Natürlich machte es mich nervös, nicht zu wissen, was jetzt kam. Auf dem Weg in die Stadt wollte ich meine Mutter am liebsten fragen, ob wir nicht die Chance zum Abhauen nutzen sollten. Es war zwar echt krank, das zu denken, doch ein Gutes hatte das ganze Theater dennoch: Wir kamen endlich wieder mal aus unserem kleinen Dorf raus, doch als wir jetzt am frühen Morgen vor dem Haus standen, konnte ich Filips Spitzel bereits an jeder Ecke ausmachen und wusste, dass aus meinem erhofften Plan nichts werden würde. Daher fragte ich meine Mutter gar nicht erst. Das stimmte mich total traurig, doch es wäre auch zu einfach gewesen, so aus diesem Albtraum rauszukommen.

»Guten Morgen, ich soll euch zwei nach Harstad fahren, damit ihr zum Arzt gehen könnt, wurde mir von Filip aufgetragen.« Meine Mutter nickte dem Freund von Filip zu und er öffnete uns die Wagentür. Nachdem wir alle im Auto saßen und in Richtung Stadt unterwegs waren, meinte der Fahrer plötzlich: »Auch hat er mir die Anweisung erteilt, euch bis zum frühen Nachmittag wieder zu Hause abzuliefern.«

»Ist kein Problem, doch nach dem Arzttermin würden wir gerne noch ganz schnell in das Einkaufszentrum gehen, damit ich Nora ein paar neue größere Klamotten kaufen kann«, erklärte meine Mutter ihm. Der Fahrer sah in den Rückspiegel und runzelte die Stirn.

»Ähm … okay, aber leider darf ich euch zwei da nicht alleine lassen, tut mir leid, ich muss euch auch bei dem Shoppingtrip begleiten, sonst wird mir der Arsch aufgerissen.«

»Na, wenigstens ergeht es dir nicht anders als uns.« Der Rest der Autofahrt verlief stumm. Jeder hing seinen Gedanken nach, und meine Sorgen wuchsen mit jedem Kilometer, den wir zurücklegten.

Da wir beim Arzt einen Termin hatten, mussten wir nicht lange warten und konnten bereits kurz nach unserer Ankunft ins Behandlungszimmer. Nach einem kurzen und unangenehmen Gespräch mit dem Arzt, der mich behandelte, als wäre ich ein unartiges Kind gewesen, musste ich auf dem gynäkologischen Stuhl Platz nehmen. Meiner Mutter fiel das unangebrachte Verhalten des Arztes ebenfalls auf und so las sie ihm sofort die Leviten.

»Ich kann Ihnen nur so viel dazu sagen, wenn Sie glauben, meine Tochter sei eine Herumtreiberin und hüpfe mit jedem beliebigen Mann ins Bett, dann täuschen Sie sich. Und zwar gewaltig.« Man sah dem Arzt an, dass er peinlich berührt war. Schließlich nickte er, ehe er entgegnete: »Oh … okay … ich verstehe Sie. Es tut mir sehr leid, so einen Gedanken überhaupt in Erwägung gezogen zu haben. Wenn Sie oder Ihre Tochter Hilfe benötigen, Sie können jederzeit in meine Praxis kommen.«

Ich war beruhigt, dass das nun geklärt war und dass der Arzt jetzt wusste – oder es sich zumindest denken konnte – was wirklich geschehen war und warum ich in dieser misslichen Situation war. Zum Glück begann er nun mit der Untersuchung, denn ich wollte so schnell wie möglich wieder von diesem unbequemen Stuhl runter. Im Raum war es still und niemand sagte auch nur ein Wörtchen, alle starrten wir auf den Bildschirm, der uns das Ultraschallbild zeigte. Nach einigen quälend langen Sekunden nickte meine Mutter schließlich. Sie schien erkennen zu können, was all das Weiß und Schwarz auf dem Bildschirm bedeutete und bekam nur leise ein paar Worte raus.

»Schatz, unsere Vermutung hat sich somit bestätigt.« Dieser eine Satz von meiner Mutter traf mich so sehr, dass ich mich über den Stuhl lehnte und mich übergeben musste. Beschämt und tränenüberströmt sah ich den Doktor an und entschuldigte mich für das soeben Geschehene.

»Ach Kindchen, das ist doch halb so schlimm, das machen wir nachher weg und die Sache hat sich erledigt. Leider sind wir noch nicht ganz mit der Untersuchung fertig.« Ich nickte und dachte einfach nur, dass es schlimmer nicht mehr werden konnte.

»Deine Mutter hat recht damit, dass du schwanger bist, doch das war leider noch nicht alles.«

Wie bitte, das konnte doch nicht sein, geisterte es durch meinen Kopf. Was meinte er denn jetzt wieder? Fragend blickte ich von meiner Mutter, die nur schulterzuckend und mit ratlosem Blick dastand, zum Arzt, der mit seinen Fingern auf dem Bildschirm herumfuhr und mir weiter erklärte: »Es tut mir leid, das jetzt sagen zu müssen, doch du hast nicht nur ein Baby, das in dir heranwächst, sondern bekommst Zwillinge. Hier sind zwei kleine Herzchen, die unaufhörlich schlagen.« Mit dem Finger zeigte er in die entsprechende Richtung.

»Da sind schon ein bisschen die Füßchen zu sehen und soweit ich es beurteilen kann, sind beide Babys wohlauf und fühlen sich in deinem Bauch pudelwohl. Laut den Messungen bist du Anfang zwölfter Schwangerschaftswoche, aber laut meinen Erfahrungen denke ich mal das deine Babys um die Weihnachtszeit das Licht der Welt erblicken werden.« Ich drückte die Hand von meiner Mutter so fest, dass es mir schon wehtat, während sie mit ihrer anderen meine Wange streichelte und mir tröstend einen Kuss auf den Kopf drückte.

»Mama, was soll ich denn jetzt bloß tun? Mein ganzes Leben ist kaputt, er hat mich nicht nur verletzt, sondern entehrt. Nun muss ich mich mein Leben lang verstecken und werde nie glücklich werden.« Die Tränen und meine Gefühle konnte ich nicht länger zurückhalten, ich legte mich in die Arme meiner Mutter, die diese tröstend und verständnisvoll ausbreitete, und weinte ununterbrochen. Der Arzt war zwischenzeitlich aufgestanden, um mir ein Glas Wasser zur Beruhigung zu holen. Als er zurückkam, legte er seine Hand auf meinen Arm und ich schreckte so sehr zurück, dass ich ihm fast das Glas aus der Hand geschlagen hätte.

»Pst«, sagte er leise.

»Du brauchst keine Angst zu haben, hier, trink mal einen Schluck, dann ziehst du dir deine Sachen an und danach reden wir in Ruhe über deine Situation.«

Der Arzt war so verständnisvoll und meine Mutter nickte ihm im Stillen dankend zu. Er ließ uns wieder im Behandlungszimmer alleine, damit ich mich anziehen konnte. Meine Mutter wischte in der Zwischenzeit mein Erbrochenes weg. Kurz darauf gingen wir in das Nebenzimmer, in dem der Arzt zuvor verschwunden war. Er saß bereits vor seinem Computer und bat uns, Platz zu nehmen.

»Ich weiß und kann sehr gut nachvollziehen, dass es für dich jetzt schwierig ist, über dieses Thema zu sprechen, doch ich werde dir noch ein bisschen was dazu erzählen müssen. Da du selbst noch sehr jung bist, könnte ich durchaus verstehen, dass du die Kinder vielleicht nicht behalten möchtest, sondern sie zur Adoption freigeben willst. Leider ist es für eine Abtreibung zu spät, da die Schwangerschaft schon zu weit fortgeschritten ist.« Meine Mutter und ich hörten dem Arzt in aller Ruhe zu und ich wusste in dem Moment einfach nicht, wie ich mit dem Ganzen umgehen sollte. Er schien meine Unruhe und das Kopfkino, das in mir tobte, zu bemerken, denn er unterbrach sich kurz, eher er eindringlich sagte: »Nora, du bist nicht alleine, das muss in deinen Kopf und das muss dir auch bewusst sein. Deine Mutter und ich als dein Arzt, wir sind an deiner Seite und begleiten dich durch diesen Lebensabschnitt. Du brauchst keine Angst haben und du musst jetzt auch noch keine Entscheidung treffen, dafür bleibt dir noch genügend Zeit. Du bist noch so jung und du musst wissen, dass dein Leben nicht vorbei ist, sondern auch nach dieser Schwangerschaft weitergehen wird. Ich gebe dir und deiner Mutter einige Unterlagen mit, in denen viele verschiedene Informationen über Schwangerschaften, Geburten und auch das Thema Adoption stehen. Lest alles durch, redet in Ruhe zu Hause über alles. Lass es dir in den nächsten Wochen und Monaten durch den Kopf gehen. Vielleicht kommst du zu dem Entschluss, dass du deine Kinder behalten möchtest. Vielleicht auch nicht. Egal, wie du dich entscheidest, es wird das Richtige für dich sein. Da bin ich mir sicher.«

Es tat mir richtig gut, dass der Doktor so offen mit mir über alles sprach. Er machte es mir so ein bisschen einfacher, darüber nachzudenken, was in nächster Zeit alles mit mir passieren würde.

Meine Mutter sah mich an und wendete sich schließlich an den Arzt.

»Ich hätte noch eine vorerst letzte, aber wichtige Frage«, kam es ihr nur leise über die Lippen, und der Arzt sah von seinem Computer hoch.

»Gibt es in der Nähe eine Privatklinik?«, fragte sie und sprach in einem Flüsterton weiter.

»Denn als ich meinem Mann von der Vermutung, dass Nora schwanger sei, erzählte, rastete er aus und schrie uns an. Er will auf keinen Fall, dass irgendwer in unserem Dorf mitbekommt, dass Nora schwanger ist. Das muss alles streng geheim bleiben.« Der Arzt schüttelte den Kopf und seufzte einmal tief, man sah ihm an, dass wir ihm leidtaten und dass er nicht fassen konnte, was mir widerfahren war.

»In der Nähe gibt es eine Privatklinik, natürlich ist es kein Problem, dass Nora zu uns auf die Station kommt, denn ich bin dort auch Arzt. Gerne übernehme ich die Geburt von den Zwillingen, also machen Sie sich deswegen bitte keine Sorgen mehr. Wichtig ist jetzt, dass es Nora und ihren Babys gut geht, und was das andere Thema anbelangt. Ich kenne eine Stelle, an die Sie sich wenden sollten. Da wird ihnen beiden geholfen, gerne kann ich euch auch nach Hause begleiten um bei dem Gespräch mit — ihm — dabei zu sein. Oder wir rufen die Polizei, damit sie euch begleitet, denn wir können nicht wissen, wie er auf diese Neuigkeit reagiert.« Erschrocken sah ich zu meiner Mutter und schüttelte wild den Kopf. Denn wenn irgendjemand mit nach Hause fährt, dann würde er nur noch aggressiver werden.

»Herr Doktor, dass ist sehr nett von Ihnen, doch wir müssen da alleine durch und uns wird nichts passieren.« Er nickte uns zu und begleitete uns dann noch zur Türe.

Als wir die Arztpraxis wieder verließen, hängte sich meine Mutter bei mir unter und tätschelte meinen Arm.

»Wir gehen jetzt schnell noch etwas essen und danach machen wir eine Shoppingrunde durch die Geschäfte. Na, was sagst du dazu?« Ich nickte und versuchte, meiner Mutter ein Lächeln zu schenken, denn nicht nur für mich war diese Situation schwer. Allein das Wissen um die Untreue des eigenen Mannes, musste schon schmerzhaft sein. Wenn es sich dabei aber um die eigene Tochter handelte, die unterdessen missbraucht wurde, war es einfach nur unfassbar pervers und zugleich unvorstellbar morbide. Diese Erkenntnis wurde mir erst jetzt so richtig bewusst, darum drückte ich meine Mutter fest an mich und sah sie an. Sie schenkte mir ein schwaches Lächeln. Draußen stand unser Fahrer bereits vor der Tür und erwartete uns.

Mutter klärte mit ihm alles Weitere und er schlenderte ein paar Meter hinter uns her.

»Mama, es tut mir so leid, was Filip dir angetan hat. Ich hoffe, das steht nie zwischen uns und ich bitte dich, nimm mir das nicht böse, denn ich wollte niemals, dass so etwas passiert.« Meine Worte brachten meine Mutter zum Weinen, und so weinten wir gemeinsam den Schmerz aus unserer Seele.

»Ach Liebes, ich kann dir doch niemals böse sein. Ich habe ein schlechtes Gewissen, dass ich dir kein schönes und sorgenfreies Leben bieten kann, sondern nur eines mit so einem Vater.«

Wir hielten uns noch einen Augenblick lang in den Armen und gingen dann weiter, um ein Restaurant zu suchen. Inzwischen hatte der Hunger uns gepackt. Ich war froh, dass meine Mutter das Thema auf sich beruhen ließ und wir beim Essen nur über die Schule und die Ferien sprachen. Nach dem Essen gingen wir in ein paar Geschäfte, um ein bisschen zu shoppen, bis meiner Mutter etwas einfiel.

»Wir werden dir ein paar Umstandsklamotten kaufen müssen, denn in ein einigen Wochen wirst du in deine alten Sachen nicht mehr passen.«

Toll, dachte ich nur. Schon wieder wurde ich auf den Boden der Tatsachen zurückgeworfen – zusammen mit der Erkenntnis, dass sich alles in meinem Leben verändern würde.

»Okay. Besser wir erledigen das gleich noch, denn wer weiß, wann wir das nächste Mal die Chance dazu bekommen, einkaufen zu gehen.«

Der Tag in Harstad war schön und es tat uns beiden gut, einmal von daheim fort zu sein, auch wenn der

Frauenarzttermin nicht nach unseren Wünschen verlaufen war und wir einen Aufpasser an unserer Seite hatten.

Nun – als wir Stunden später wieder vor unserem Haus ankamen und das Licht im Inneren bereits brannte, da es schon Abend war – bekamen wir beide ein mulmiges Gefühl im Bauch. Vater war zu Hause, und das hieß nie etwas Gutes.

»Oje, es sieht wohl so aus, als wäre Filip schon da und erwartet uns. Es wird ihm nicht passen, dass wir erst so spät nach Hause kommen, und wenn wir ihm jetzt erzählen, was beim Arzt herausgekommen ist, wird er wieder um sich wüten.« Mutter nickte, sah mich an und legte die Hand über meine Schulter.

»Hör mir jetzt genau zu. Was ich dir gleich sage, ist wirklich wichtig«, ermahnte sie mich und sprach weiter.

»Wenn dein Vater mich wieder schlägt, gehe bitte bloß nicht dazwischen, denn du musst von nun an deine Babys denken. Ihr und dein Wohl ist jetzt das Wichtigste auf der Welt. Und falls er auf die Idee kommt, er müsste dich schlagen, dann lege deine Hände schützend über deinen Bauch – so gut es eben geht.«

Ich starrte meine Mutter an und presste dann noch hervor: »Und was – bitte schön – soll ich machen, wenn er mich wieder mitnimmt in seine Hütte? Wenn er mich berührt und wieder mit mir schlafen will? Tut das den Babys denn nicht weh?« Das waren Fragen, die mich so sehr beschäftigten, dass ich auf meine Mutter in diesem Moment keine Rücksicht nehmen konnte, selbst wenn man sie einer Mutter nie stellen sollen müsste. Hedda war sichtlich verdutzt darüber und musste kurz durchatmen, bevor sie mir eine Antwort geben konnte.

»Ich werde ihm irgendetwas vorlügen. Dass der Arzt bezüglich deines Sexuallebens während der Schwangerschaft gesagt hätte, dass auf Verkehr dringend verzichtet werden muss. Und wenn er dich trotzdem nicht in Ruhe lässt, versuche, seinen Wünschen schnellstmöglich und ohne Widerstand nachzukommen, dann wird er nicht allzu grob zu dir sein. Den Babys kann es eigentlich nicht schaden, zumindest nicht in dem Stadium, in dem du dich derzeit befindest. Aber ich werde mein Möglichstes versuchen, dich nicht mit ihm allein zu lassen.« Ich nickte und im selben Moment öffnete der Fahrer uns die Wagentür. An der Haustür angekommen, drückten wir uns gegenseitig noch einmal und betraten schließlich das Haus. Meine Mutter ging schon einmal voraus, um nachzusehen, wo sich Filip befand, doch er war nicht da. Das Einzige, was wir entdeckten, waren sehr viele leere Flaschen Bier und eine Flasche Wodka.

»Hu, es sieht so aus, als wäre er in seinem betrunkenen Zustand wieder in seine geliebte Fischerhütte gefahren«, meinte meine Mama. Als sie gerade im Begriff war, die Flaschen wegzuräumen und die Küche sauber zu machen, hörten wir einen lauten Knall und zuckten beide vor Schreck zusammen.

»Oh, sieh mal einer an, die Damen haben es auch geschafft, endlich nach Hause zu kommen. Wie gut ihr heute doch ausseht. War es schön, einen ganzen Tag ohne mich zu verbringen? Oder habt ihr mich schon vermisst?«

Alleine seine Stimme trieb mir eine Gänsehaut über den Körper und ich musste mich zusammenreißen, ihn nicht mit irgendetwas zu erschlagen. Filip ging als Erstes zu mir und strich mir mit seinen dreckigen Fingern über meine Lippen.

»Diese Lippen werde ich bald wieder spüren und ausgiebig kosten.« Ruckartig drehte ich meinen Kopf zur Seite, denn ich konnte es nicht mehr ertragen, seine Berührung zu spüren. Mit einem heftigen Ruck stieß er mich zu Boden, meine Mutter rannte sofort schreiend zu mir.

»Schatz, ist dir etwas passiert?« Doch bevor sie mir helfen und mich aufheben konnte, kam Filip auf sie zu und zog sie an den Haaren hoch.

»Was ist denn in dich gefahren, dass du unserer Tochter hilfst, wenn ich ihr gerade eine Lektion erteile?« Filip schrie so laut, dass es mir in den Ohren wehtat und ich mich immer wieder aufs Neue fragte, warum denn nie ein Nachbar etwas hörte und uns zu Hilfe kam.

Ich konnte den Hass in Mutters Augen sehen und dass sie alle Kraft, die sie besaß, in ihre Hände nahm, um sich von ihm wegzudrücken.

»Du elender Alkoholiker fragst mich, was in mich gefahren ist? Jetzt reicht es mir aber!«, plärrte meine Mutter so laut wie möglich, und bevor Filip etwas darauf erwidern konnte, erhob sie ihre Hand und schrie weiter: »Meine Vermutung hat sich bestätigt, deine Tochter, nein unsere Tochter ist schwanger. Du hast sie nicht nur geschwängert, sie bekommt sogar Zwillinge. Von ihrem eigenen Vater! Wie krank ist das denn? Und dann schubst du sie auch noch zu Boden. Du bist doch verrückt!« Nun zog sie mich in ihre Arme und drückte mich fest an sich. Filip sah uns an, schüttelte jedoch nur den Kopf und wischte sich mit seinen Händen übers Gesicht.

»Tja, du wolltest mir ja nicht glauben und nun haben wir dieses Problem. Und wir können rein gar nichts daran ändern.«

Er fluchte leise vor sich hin, ging zum Kühlschrank und holte sich eine Flasche Bier.

»Was soll das heißen, daran können wir nichts mehr ändern? Ganz einfach geht das, wir fahren morgen ins Krankenhaus und lassen sie wegmachen, somit wird der leidige Zwischenfall schnell beseitigt sein.« Meine Mutter flüsterte mir ins Ohr, ich solle mich an das andere Ende des Tisches setzen, und dann ging sie auf Filip los. Sie schüttelte ihn und schrie ihn lautstark an.

»Tu bloß nicht so, als würdest du dich auskennen, du elender Mistkerl. Noras Schwangerschaft ist schon zu weit fortgeschritten, um die Babys noch abtreiben zu lassen, sonst hätten wir uns dafür heute gleich noch einen Termin geben lassen. Du fasst deine Tochter jetzt nicht mehr an und lässt sie in Ruhe. Da sie mit Zwillingen schwanger ist, könnte es für Nora gefährlich werden, wenn du sie auch nur noch einmal unsittlich berührst! Damit du es weißt, die Geburt, wird um die Weihnachtszeit sein und findet in einer Privatklinik statt und dort kann sie die Babys dann zur Adoption freigeben – wenn sie das denn will.« Hedda drehte sich weg und wollte soeben zur Küchentheke gehen, doch Filip fasste sie fest am Arm, drehte sie mit einem Ruck herum und drückte sie auf einen Stuhl.

Er schlug mit der Faust so fest auf den Tisch, dass sein Bier, das er zuvor dort abgestellt hatte, umkippte und auf den Boden schwappte. Dann umfasste er den Hals meiner Mutter und schielte zu mir herüber.

»Zum Glück ist die Schule in wenigen Tagen vorbei, denn danach bleibst du zu Hause. Diese Schwangerschaft bleibt hier in diesem Haus, das geht nicht raus und niemand erfährt etwas davon. Denn ich schwöre bei Gott, wenn es nicht so ist, bringe ich euch beide um. Samt den Zwillingen.« Als er den Hals meiner Mutter losließ, rang diese nach Luft und ich sah die roten Flecken auf ihrer zarten Haut, so fest hatte Filip zugedrückt. Er ging um den Tisch herum, zog mich an den Haaren zurück und schlug mir fest ins Gesicht. Ich schloss die Augen, hoffte darauf, dass er schnell von mir ablassen würde, und unterdrückte meine Tränen. Seine Schläge brannten wie Feuer auf meiner Haut. Zu gern würde ich mich ihm widersetzen, doch ich musste um meiner Kinder willen stark sein und es ertragen.

»Ich hoffe, das war für den Anfang mal genug und ihr hört auf das, was ich euch sage.« Dann holte er sich eine Reisetasche aus der Kommode im Flur, kam zurück in die Küche, ging zum Kühlschrank und kramte all die Bierflaschen und auch die Whiskeyflasche heraus und räumte alles in die Tasche. Wir sahen beide von ihm weg, atmeten so leise wie möglich und rührten uns kein bisschen.

Wenig später hörten wir, wie die Tür ins Schloss fiel und kurz darauf das Auto aus der Einfahrt fuhr. Meine Mutter rannte zum Fenster und sah, in welche Richtung er fuhr, danach wirkte sie ein klein wenig erleichtert. Ich ebenso. Hauptsache, er war weg.

»Er fährt bestimmt zur Fischerhütte.« Als Hedda das sagte, atmete ich tief durch und fuhr mit meinen Fingern über die Stelle, an der er mich zuvor geschlagen hatte, denn es brannte noch immer.

»Komm, Kind, leg dir diesen tiefgefrorenen Beutel darauf, dann müsste es bald zu brennen aufhören«, hauchte sie leise und gab mir den Beutel, den sie zuvor aus der Truhe geholt haben musste. Meine Mutter kümmerte sich immer so rührend um mich – und das, obwohl es ihr genauso beschissen erging wie mir und obwohl ich ihr nur selten wirklich helfen konnte. Ich nahm das eingefrorene Fleisch und legte es mir für ein paar Minuten auf die Wange. Danach sah ich mir ihren Hals an und holte eine Wundkompresse sowie Heilsalbe aus dem Apothekerschrank im unteren Bad.

»Mama, komm her. Setz dich hierher und mach die Salbe auf deinen Hals. Mit etwas Glück sieht man dann morgen nichts mehr.« Hedda nickte und tat, was ich ihr aufgetragen hatte.

»Ach Kleines, ich bin es ja schon gewohnt, dass ich mit irgendwelchen Tüchern um meinen Hals herum einkaufen gehen muss, so oft, wie Filip mich schon blau und wund geschlagen hat. Mach dir um mich keine Gedanken.« Ich schüttelte nur den Kopf und nahm sie kurz in den Arm. Anschließend gingen wir beide in unsere Zimmer, um jeweils etwas alleine zu sein.

Nachdem Filip für einige Tage merkwürdig ruhig und auch nicht wütend gewesen war, befürchtete ich heute an meinem Geburtstag nichts Gutes. Das sagte mir zumindest mein Bauchgefühl an diesem warmen Sommermorgen. Da die Schule schon vorbei war und ich das Haus sowieso nicht mehr verlassen durfte, stand ich in den letzten Tagen immer – und so auch heute – sehr spät auf. An diesem Morgen wartete meine Mutter schon auf mich, als ich in die Küche kam.

»Alles Gute zu deinem siebzehnten Geburtstag, mein Schatz.« Sie hatte sich große Mühe gegeben, alles schön in der Küche zu dekorieren und hatte mir sogar einen Schokokuchen mit bunten Streuseln gebacken – das war mein Lieblingskuchen.

»Danke schön, Mama. Mmh, der sieht aber lecker aus, bekomme ich da gleich ein Stück von?« Hedda lächelte mich müde an, und ich bemerkte, dass sie wie ich nicht glücklich war.

»Was ist denn das für eine Frage, aber klar doch. Setz dich schon mal hinaus auf die Terrasse, ich mache uns noch einen heißen Kakao dazu.« Als ich mich auf den Weg nach draußen machte, öffnete ich die Wohnzimmertür einen kleinen Spalt breit und spähte zunächst hindurch. Es entkam mir ein tiefer Seufzer, als ich sah, dass Filip nicht daheim war. Schließlich ging ich erleichtert hinaus. Der Tisch war auch hier schön gedeckt und es zauberte mir ein Lächeln ins Gesicht, weil ich wusste, welche Freude es meiner Mutter bereitet hatte, das für mich zu tun. So hatte sie in diesen düsteren Tagen wenigstens einen Lichtblick erlebt. Gerade als ich mich setzte und es mir gemütlich machen wollte, hörte ich, wie drinnen etwas zu Boden fiel und zerbrach. Es drangen laute Schreie von Filip bis nach draußen und ich hörte, wie meine Mutter schluchzte. Alle Freude wich sofort aus meinen Gesichtszügen, da ich erkannte, dass er nun doch zu Hause war, und die bescheidene Angst rückte wieder in den Vordergrund. Ich überlegte, was ich tun sollte und beschloss, einfach sitzen zu bleiben, da es Filip immer gegen den Strich ging, wenn ich einfach so in einen Streit reinplatze. Meine Augen hielt ich geschlossen und atmete ganz leise vor mich hin, strich mir dabei sanft über den Bauch, bis Filip plötzlich vor mir stand und mich hochzog.

»Guten Morgen, mein Schatz, alles liebe zu deinem Geburtstag.« Sein Blick war böse und kalt.

»Und jetzt komm, deine Mutter packt uns den köstlichen Kuchen ein, damit wir einen schönen Tag in der Fischerhütte verbringen können. Nur du und ich. Zusammen und ungestört.« Mit entsetztem Blick sah ich Filip an und schüttelte heftig den Kopf.

»Nein, ich will aber nicht, meinen Babys und mir geht es heute nicht gut«, sagte ich in einem Flüsterton und hoffte inständig, dass das Wort *Babys* seine Meinung änderte. Doch mein Wunsch ging leider komplett nach hinten los, denn Filip wurde nur noch aggressiver.

»Deine Babys ... tz ... ja genau, wer es glaubt. Nur, dass du es weißt, heute gehörst du noch einmal mir ganz alleine und da stellt sich keiner zwischen uns, auch nicht deine bescheuerte Schwangerschaft. Die hat mir schon genug Zeit mit dir geraubt. Aber an deinem Geburtstag will dein Papa dir all seine Liebe zeigen und dir ganz nahe sein.« Er zog mich hinein in die Küche und ich blickte umgehend zu meiner Mutter und sah, dass sie am Kopf blutete. Hedda machte große Augen, legte rasch ihren Finger auf den Mund, um mir so zu verdeutlichen, dass ich besser still war und nichts erwiderte. Sonst würde ich womöglich auch blutend zurückgelassen werden.

Filip schnappte sich die Tasche mit den ganzen Leckereien, die meine Mutter indes vorbereitet haben musste, und wendete sich abermals an seine Frau.

»Hiermit kläre ich euch auf, damit ihr wisst, wie der Tagesplan so aussieht«, sprach Filip in einem Ton mit uns, der uns das Grauen lehrte.

»Deine Tochter bleibt nicht allzu lange bei mir, wir machen uns jetzt ein paar schöne Stunden in trauter Zweisamkeit und genießen deinen leckeren Kuchen. Dann möchte ich, dass du sie um Punkt zwölf Uhr bei der Hütte abholst, denn dann will ich alleine sein und meinen Frieden haben«, erklärte er schroff und sah Hedda abschätzig an.

»Hast du mich verstanden?« Sie nickte und sagte rasch: »Ja, ich habe es verstanden. Werde pünktlich da sein.«

»Nur um euch zwei gleich noch etwas zu verdeutlichen. Ich werde dich, meine liebe Tochter, mit Sicherheit nicht im Krankenhaus besuchen kommen, und so ein Balg von Kind will ich auch nie zu Gesicht bekommen. Schon gar nicht beide. Denn ich werde während deiner letzten Schwangerschaftszeit für zwei Wochen nach Stave fahren, um angeln zu gehen und mich anderweitig zu entspannen. Von dir kann ich nach dieser Schwangerschaft leider nicht gleich was Sexuelles erwarten, aber das holen wir ganz sicher nach!«, schrie er und meiner Mutter entkam ein erschrockener Seufzer, was Filip natürlich noch wütender machte.

»Ja, da kannst du noch so jämmerlich seufzen, meine liebe Frau, das wird für dich das erste Weihnachten sein, wo du ganz alleine sein wirst. Denn deine Söhne sind weg, deine Tochter wird um diese Zeit im Krankenhaus liegen und ich fahre am einundzwanzigsten Dezember weg und komme erst zwei Wochen später wieder nach Hause. Also, falls ihr mit dem Gedanken gespielt habt, die Kinder mit nach Hause zu nehmen, oder innerlich jetzt hofft, ihr könntet von zu Hause abhauen, während ich fort bin, dann habt ihr euch geirrt!«, fuchtelte er schreiend herum und fügte noch hinzu: »Denn meinen Spitzel, den ihr ja schon gut genug kennt, lasse ich bei euch hier und er passt wie immer auf euch auf. Solltet ihr auch nur einen falschen Schritt wagen, erfahre ich es und dann ist die Schonzeit vorbei. Dann geht es mit euch beiden richtig hart zur Sache!«

In meinem Kopf drehte sich alles wie verrückt, ich erhaschte noch schnell einen Blick auf die Küchenuhr und war irgendwie erleichtert darüber, dass ich immer so spät aufstand. Der Zeiger stand schon auf neun und somit musste ich nicht viel Zeit mit meinem kranken Vater verbringen. Ununterbrochen sagte ich in Gedanken zu mir: *Nora, mache einfach alles, was er von dir verlangt. Tu, was er dir sagt, denn bald bist du wieder daheim und kannst den restlichen Tag mit deiner Mutter verbringen. Das wird der Höhepunkt, alles andere musst du ertragen und dann vergessen.*

Als er fest an meinem Arm zog, riss er mich aus meinen Gedanken. Ich wollte einfach noch etwas Zeit schinden, doch das funktionierte nicht.

»Komm, meine allerliebste Tochter, wir haben nicht viel Zeit, und dass bisschen, das ich heute mit dir habe, soll einfach unvergesslich für dich werden.« Dieser spitze Tonfall, wie ich es hasste, wenn er so mit mir sprach. Die Angst ließ mich erneut nicht los und ich hoffte einfach, dass ich und meine Babys wieder gesund nach Hause kamen.

Als wir wenig später im Auto saßen, legte Filip seine Hand auf meinen Oberschenkel und streichelte ganz langsam nach oben und griff mir zwischen meine Beine. Er raste so schnell um die Kurven, dass mir speiübel wurde, doch ich wollte ihn nicht verärgern. Somit atmete ich tief durch, ignorierte meinen Brechreiz und sagte ganz süßlich: »Papa, kannst du bitte nicht ganz so schnell fahren, mir ist schon ganz schlecht wegen der ganzen Kurven hier.« Filip drückte seine Hand, die noch immer zwischen meinen Beinen lag, so fest zusammen, dass mir ein Schrei entkam. Dann meinte er: »Du kleines, schreckliches Biest. Willst doch nur die Zeit etwas totschlagen, damit du nicht so lange mit mir in der Fischerhütte verbringen musst. Doch eines verspreche ich dir, du und ich, wir werden heute noch einen magischen Höhepunkt miteinander erleben.«

Ich drehte mich mit dem Kopf zum Fenster hin und blickte ins Leere, ich spürte nur meine warmen Tränen, die sich ihren Weg über meine Wangen bahnten. Sonst nichts.

Als der Wagen vor der Fischerhütte zum Stehen kam, konnte ich nicht sofort aussteigen, da ich Angst hatte, mich doch noch übergeben zu müssen. Doch Filip war das egal. Er riss die Autotür auf, schnappte mich bei der Hand und zog mich mit voller Kraft heraus. Und dann geschah es. Ich beugte mich zur Seite, hielt mich mit einer Hand am Auto fest und musste mich übergeben. Ich hörte Filip nur herumfluchen und lautstark schimpfen, während meine Panik mit jeder Sekunde weiter anstieg. Nachdem es mir etwas besser ging und ich mir die Seele aus dem Leib erbrochen hatte, zog er mich zur Hütte und öffnete die Tür. Sofort erkannte ich, dass er schon einiges vorbereitet hatte. Als ich im Rauminneren war, schloss er natürlich gleich die Tür ab und zog die Vorhänge zu. Wie immer.

»Schau, Liebes, ich habe uns alles schön eingedeckt und auch kuschelig gemacht, damit wir die nächsten Stunden ein romantisches Picknick machen können.«

Die Hand vor meinen Mund haltend, hielt ich die Luft an und konnte kaum glauben, was ich hier sah. So etwas machte ein Mann für seine Frau, aber nicht ein Vater für sein Kind.

In den letzten Monaten habe ich so vieles dazu-gelernt, und viel an mir und an meinem Verhalten Filip gegenüber gearbeitet. Auch wenn die falschen, krankhaften Spielchen immer noch schwierig waren, setzte ich ein schwaches Lächeln auf meine Lippen und nickte freundlich, um ihn nicht zu verärgern.

Filip rückte die große, kuschelige Decke am Boden noch mal zurecht und deutete mir an, mich zu setzen. Er stellte die Thermoskanne, den Kuchen und seinen Whiskey auf ein kleines Tischchen und nahm dann neben mir Platz. Er strich mir eine Haarsträhne hinter das Ohr und streichelte meinen Oberschenkel. Danach machte er sich daran, eine Tasse mit heißem Kakao zu füllen sowie ein Stück von Mamas köstlichem Kuchen auf einen Teller zu geben. Filip war mir heute irgend-wie fremd, wirkte fast liebevoll und ohne Aggressio-nen – zumindest im Moment –, so hatte ich ihn in den letzten Jahren nie erlebt. Doch ich traute dem Ganzen nicht, denn die Besorgnis, dass sich seine Laune wieder drehte, war immer präsent und klammerte sich wie ein Schraubstock um mein Herz. Fast wie ein stummer, aber mahnender Begleiter.

»Da hat sich Hedda aber Mühe gegeben, um dir so einen leckeren Kuchen zu backen. Ja, deine Mutter liebt dich halt auch, aber nicht so sehr wie ich und das solltest du wissen«, erzählte er mir und ich nahm das nächste Stück Kuchen in den Mund, damit ich ihm keine Antwort geben musste. Die nächsten paar Minuten vergingen im Stillen und jeder war mit seinen Gedanken bei sich. Ich betete zu Gott, dass Filip mich heute in Ruhe lassen würde.

Er war viel schneller mit dem Whiskey und dem Kuchen fertig als ich, ich wollte ja auch nur Zeit schinden, indem ich so langsam wie möglich aß. Ich saß auf dem Boden und sah genau in die falsche Richtung, denn hinter mir befand sich die Wanduhr und nun wusste ich nicht, wie viel Zeit schon vergangen war. Aber bei meinem Glück war es noch nicht einmal elf Uhr.

»So, mein Schatz, jetzt ist es aber an der Zeit, dass wir zu dem schönen Teil des Tages übergehen. Komm, gib mir die Tasse und den Teller und mache es dir auf der Kuscheldecke, die ich für uns ausgebreitet habe, bequem.«

Da war er wieder, der alte Filip, der über mich und meinen Körper bestimmen wollte. Der sagte, wo und wie ich ihn genau berühren sollte. Für mich war das der schlimmste Augenblick, jedes Mal blieb wieder die Uhr in meinem Innern stehen und meine Gedanken spielten verrückt.

Er stellte sich vor mich hin, hob mein Kinn in die Höhe und erwartete von mir, dass ich ihm dabei zusah, wie er sich auszog. Natürlich tat ich, was er von mir verlangte, und blickte ihn gedankenverloren an.

Wie auch schon die letzten gefühlten tausend Male, dauerte es auch dieses Mal keine zwei Minuten, bis er sich von seinen Klamotten befreit hatte.

»Mein Schatz, setz dich auf und nimm ihn ein letztes Mal in deinen feuchten, kleinen, engen Mund und befriedige mich wie noch nie zuvor.« Ich schluckte hart, atmete tief durch und überwand mich, abermals den

Penis von meinem Vater zu berühren. Die einzigen Worte, die in meinem Kopf herumschwirrten, waren: *ein letztes Mal*. Was meinte er damit? Als ich die gewünschten Bewegungen machte und mit meiner Zunge an seiner Eichel spielte, nahm er meinen Kopf in seine Hände und gab den Rhythmus vor. Immer wieder dachte ich an diese drei Worte: *ein letztes Mal*. Deswegen bemühte ich mich so sehr, dass ich ihn wie noch nie zuvor befriedigen konnte. Ich betete zu Gott, dass er das ernst meinte und ich nach diesem Tag für immer meine Ruhe vor ihm haben würde. Ich merkte, dass Filip heute nicht aggressiv war, das hieß für mich so viel wie: Nora, du machst deinen Job gut. Er stöhnte laut auf und ich hoffte, dass er bald zum Höhepunkt kommen würde, doch so schnell war er mit nichts zufrieden.

»Oh, du bist ja heute in Höchstform, das gefällt mir. Na, dann zieh dich auch ein letztes Mal für mich aus und lass mich tief in dich eindringen.« Ich atmete schnell und schloss die Augen. Fand es so erschreckend, dass es ihm nicht reichte, oral befriedigt zu werden. Dass ich mich nun doch ausziehen musste. Aber auch hier erwähnte er abermals, es wäre das letzte Mal. Als ich nicht sofort gehorchte, zog er mich an beiden Händen hoch und öffnete mit einem Reißen meine Hose.

»Hast du nicht gehört, was ich gesagt habe?«, fragte er mich und ich gab ihm sofort eine Antwort.

»Doch, Papa, es tut mir leid. Ich wollte nur den Moment genießen und dachte daran, dass es für uns heute unvergesslich werden wird.« Ich biss mir auf die Lippe und betete zu Gott, dass er mir diese Lüge nicht böse nehmen würde und mir das verzeihen konnte. Filip lächelte mich an und küsste mich auf die Wange.

»Okay, das kann ich verstehen, mein Schatz. Aber komm, zieh dich aus und leg dich gleich breitbeinig auf den Boden.« Die Tonlage und Aussprache dieser Wörter war grauenhaft, Filip redete so süß, aber doch mit einer gewissen Schärfe, dass es mich aufhorchen ließ.

Bevor ich mich auf den Boden legen konnte, wagte ich noch einen raschen Blick zur Uhr, die über der Tür hing. Und als ich die Zeit erblickte, war ich ein klein wenig erleichtert, da es schon fast halb zwölf war. Bald kam meine Mutter, um mich abzuholen, so lange musste ich jetzt einfach durchhalten und machen, was immer Filip von mir erwartete.

Als ich auf der Decke lag und er sich vor mich hin-kniete, sah er mir tief in die Augen und legte seine Hände auf meinen schon etwas rundlichen Bauch.

»Da du ja Babys in dir trägst – meine Babys – und es für dich nicht mehr ganz so einfach ist, lass dich einfach von mir verwöhnen. Ich werde zärtlich sein und auf euch aufpassen. Vertrau dem Papa.« Das waren seine letzten Worte, bevor er in mich eindrang und ich meine Augen noch fester zusammenpresste. In meinem Kopf summte ich bittersüß *Happy Birthday*, und meine Gedanken schweiften wieder zu der geliebten Husky-Farm, auf der ich gerne mal arbeiten würde.

Filip schlug mir ins Gesicht und schrie mich an.

»Du Luder, an was denkst du denn in diesem Augenblick?« Ich sah ihn erschrocken an und musste ihm so rasch wie möglich eine Antwort geben.

»An … an meinen heutigen Geburtstag und dass … dass es schön ist, ihn jetzt mit dir zu verbringen.« Innerlich haderte ich damit, ob Filip mir diese Notlüge abkaufen würde, doch seine Stöße in mir wurden härter und schneller. Ihm schien zu gefallen, was er gehört hatte.

»Ja, mein liebes Kind, da hast du recht, es ist schön und gleich wird es noch schöner«, stöhnte er laut und kam zum Orgasmus. Filip rollte sich von mir und nach ein paar Minuten begann er lautstark zu schnarchen. Ich drehte mich etwas auf die Seite und sah, dass es bereits kurz vor zwölf war. Deswegen stand ich sachte auf und ging ganz leise um ihn herum, da auf seiner Seite am Boden verstreut meine Klamotten lagen. Rasch zog ich mir alles über und warf einen letzten Blick auf Filip, der immer noch in der gleichen Position dalag und schlief. Nachdem ich mir meine Turnschuhe angezogen hatte, schlich ich zur Tür und schloss sie geräuschlos auf. Ich ging schnell, aber leise um die Ecke der Fischerhütte. Ein Dorfbewohner, der des Öfteren bei meinem Vater einkaufte und den ich aus der Ferne schon das ein oder andere Mal gesehen hatte, schrie mir von der anderen Straßenseite aus zu: »Hallo, Nora, schon lange nicht mehr gesehen. Wie geht es dir denn?« Erschrocken sah ich zu ihm hinüber, winkte ihm zu, hoffte jedoch, er würde schnell weitergehen und meine körperliche Veränderung nicht erkennen.

»Hallo, Teodor, danke, mir geht es gut. Leider bin ich immer im Stress. Hoffe, dir und deiner Frau geht es auch gut?« Mit Erleichterung sah ich, wie meine Mutter vor der Hütte stehen blieb. Rasch senkte ich den Kopf, winkte Teodor zum Abschied noch einmal zu und eilte zu meiner Mutter. Er hingegen erwiderte nur kurz meinen Abschiedsgruß und ging weiter.

Der Plan

Melåa, Sommer 1984

NORA

Die Monate gingen ins Land und Filip hielt Wort und rührte mich nicht mehr an. Inzwischen war der Winter hereingebrochen.

Egal ob das Radio angestellt war oder man in den Fernseher guckte, man hörte Weihnachtslieder oder sah irgendwelche Weihnachtsfilme. Aber dieser ganze Weihnachtszirkus ging dennoch an mir vorbei, denn ich hatte bereits seit einigen Tagen Vorwehen und würde laut meiner Mutter glücklicherweise in zwei Tagen den geplanten Kaiserschnitt erhalten. Wir hatten uns beim letzten Arztbesuch dazu entschieden, da es einfach sicherer für die Zwillinge war. Es war eine Erleichterung für mich, zu wissen, dass es bald überstanden war. Auch war ich froh, dass die Entbindung meiner Kinder vier Tage vor Weihnachten stattfand. Für eine normale Zwillingsgeburt wäre es bei mir zu riskant geworden, hatte uns der zuständige Frauenarzt erklärt. Der Arzt war sehr fürsorglich, hatte bei jeder Untersuchung ein Gespräch mit mir und meiner Mutter gesucht, um uns durch die Blume zu erklären, dass er wusste, in welch misslicher Lage wir uns befanden. Doch es war für uns noch immer schwer, darüber zu reden. Die Angst, Filip könnte irgendetwas mitbekommen, hielt uns davon ab, uns Hilfe zu suchen. Darum hatten wir uns nur jedes Mal stumm beim Arzt bedankt und es dabei belassen.

Gestern hatte meine Mutter mit mir ein Gespräch geführt, das mir so gar nicht gefallen wollte. Es handelte davon, meine Kinder zur Adoption freizugeben. Allein der Gedanke daran machte mich schon krank. Stundenlang hatten wir überlegt, wie es uns gelingen könnte, meine Babys zu behalten, doch egal wie wir die Geschichte gedreht und gewendet hatten, wir waren immer wieder bei dem Punkt angekommen, dass es für alle besser wäre, die Kinder wegzugeben.

Aber die Schwangerschaft hatte sich bisher gut entwickelt und meine Babys waren laut diverser Ultraschall-untersuchungen wohlauf. Ich war froh darüber, dass mich Filip seit meinem Geburtstag nicht mehr berührt hatte und ich von ihm nicht mehr sexuell misshandelt wurde. Umso trauriger war es, dass er seine ganze Aggression in Form heftiger Schläge an meiner Mutter ausließ.

Als ich an diesem Morgen aufstand und auf dem Weg nach unten war, hörte ich meine Mutter im Wohnzimmer mit irgendjemandem reden. Sie schien zu telefonieren, darum stellte ich mich an die Tür und lauschte dem Gespräch.

»Ja, Ilsa, ich weiß, du hattest von Anfang recht, aber was soll ich denn jetzt tun? Kannst du uns weiterhelfen? Weißt du eine Lösung für uns?« Als meine Mutter den Namen Ilsa erwähnte, ratterte es in meinem Kopf, da mir der Name etwas sagte, doch ich wusste nicht, wie ich ihn zuordnen sollte. Ich hörte weiter zu und war ganz still, um nichts zu verpassen.

»Das wäre lieb. Falls ich dich wegdrücke oder Filip an das Telefon geht, leg einfach auf und probiere es ein anderes Mal erneut.« Es entstand eine kurze Redepause und dann hörte ich noch, wie meine Mutter etwas leiser in den Hörer flüsterte: »Ich danke dir für deine Hilfe, bis bald.« Ich platzte fast vor Neugier und wollte wissen, wer am Ende der Leitung gewesen war. Schnell eilte ich zu meiner Mutter und fragte: »Guten Morgen, Mama, sag mal, mit wem hast du da gerade telefoniert?« Hedda erschreckte so sehr, dass ihr das Telefon aus der Hand fiel und sie sich die andere auf ihr Herz legte.

»Oh mein Gott, Nora, hast du mich erschreckt, ich dachte schon, Filip hätte das Gespräch belauscht.« Meine Mum war total außer sich, konnte sich nur schwer beruhigen und setzte sich daher kurz auf die Couch ins Wohnzimmer.

»Tut mir leid, dass ich dich erschreckt habe, das war nicht meine Absicht. Doch als ich von meinem Zimmer nach unten ging, hörte ich dich hier mit jemandem reden und wollte einfach wissen, wer das ist beziehungsweise war. Bitte, sag mir doch, wer Ilsa ist, ich kenne diesen Namen von irgendwoher, aber ich komme nicht dahinter.« Mutti erhob sich von der Couch, nahm mich bei der Hand und zog mich mit sich in die Küche. Sie machte den Wasserkocher an und ich setzte mich an den Tisch. Bevor sich meine Mutter zu mir setzte, ging sie noch einmal eine Runde durchs Haus – um nachzusehen, ob Filip wirklich nicht hier war.

»Liebes, ich weiß nicht, ob es so gut ist, wenn ich dir davon erzähle. Wer weiß, wie du darauf reagierst und was du davon hältst«, sagte Hedda und legte ihre Hand auf meine und tätschelte sie. Ich runzelte die Stirn und betrachtete meine Mutter fragend.

»Ich muss vorerst mal wissen, um was es überhaupt geht, bevor ich sagen kann, was ich davon halte«, meinte ich liebevoll und streichelte nebenbei meinen Babybauch. Mama lächelte und legte ebenfalls eine Hand auf meinen Bauch. Sie atmete tief durch und schloss die Augen, ich merkte ihr an, dass sie traurig war und dass sie irgendetwas belastete.

»Schatz, ich habe mit deiner Tante aus Koppangen telefoniert und ihr unsere Lage geschildert«, erklärte sie leise und sah dabei zum Fenster hinaus. Ich drückte Mamas Hand, die immer noch auf meinem Bauch lag, und versuchte so, sie zu beruhigen.

»Ah! Tante Ilsa aus Koppangen, mit der hatten wir ja schon seit Jahren keinen Kontakt mehr, daher wusste ich auch nicht mehr, von wo ich diesen Namen kenne«, war alles, was ich darauf sagen konnte. Mutti nickte, stand auf und ging zum Fenster, damit sie alles im Blickfeld hatte, und nicht auf einmal Filip im Raum stand. Kurz schaute sie einfach stumm hinaus, schüttelte dann mit dem Kopf und blickte schließlich wieder zu mir, ehe sie zu erzählen begann.

»Ja, Liebling, das stimmt. Das letzte Mal stand ich mit deiner Tante zu deinem sechsten Geburtstag in Kontakt. Dass danach Funkstille eintrat, war natürlich wegen Filip und seinem erbärmlichen Charakter. Ilsa sagte mir damals schon, ich solle euch Kinder und ein paar Sachen zusammenpacken und zu ihr nach Koppangen ziehen. Doch leider fühlte ich mich noch zu jung, zu schwach, zu abhängig und außerdem hatte ich natürlich große Angst davor, dass Filip uns finden und zurückholen würde. Das Zusammenleben mit ihm und alles andere wäre für uns doch nur noch unerträglicher geworden.« Meine Mutter erzählte im Flüsterton weiter, sodass ich zu ihr gehen musste, um sie auch wirklich verstehen zu können. Ich stellte mich dicht neben sie und schlang einen Arm um ihre Schultern.

»Was war denn geschehen, dass Tante Ilsa so darauf reagierte und den Kontakt abbrach?«, fragte ich vorsichtig nach, denn ich musste die Geschichte genau kennen, um alles nachvollziehen zu können.

»Dein Vater hat sie damals böse beschimpft und ihr mit Schlägen gedroht. Er könnte für nichts mehr garantieren, wenn sie nicht endlich damit aufhörte, ihn vor uns schlechtzumachen, hat er damals geflucht. Tja, daraufhin sagte sie mir bei unserem letzten Telefonat, dass ich alles Wichtige einpacken und von zu Hause fliehen solle – mit euch Kindern, doch ich erklärte ihr, dass ich das nicht könne«, sagte meine Mutter, wirkte dabei aber unendlich erschöpft und machte eine kurze Erzählpause. Dreimal holte sie tief Luft, dann sprach sie weiter.

»Ihre letzten Worte waren: Hedda, du bist meine kleine Schwester und ich mache mir Sorgen um dich und deine Kinder. Ich schwöre dir, Filip wird immer aggressiver. Mit den Jahren wird das doch nur schlimmer. Also, höre bitte auf mich und komme zu mir, ich und meine Familie passen auf euch auf. Ja, genau das hat sie damals gesagt. Und dann wurde plötzlich die Leitung unterbrochen und Filip stand hinter mir. Das war das letzte Mal, dass wir miteinander telefoniert haben. Filip hat ihre Nummer gelöscht und mir ausdrücklich verboten ihr zu schreiben, Kontakt mit meiner verrückten Schwester – ja, so nannte er sie damals – zu haben.«

Mutter drehte sich vom Fenster weg, löste sich von mir, schritt wieder weiter in Richtung Küchentheke und setzte Wasser für uns auf, dann holte sie eine Teekanne hervor und legte drei Säckchen Früchtetee hinein. Ich sah, dass ihre Augen voller Tränen waren und es tat mir im Herzen weh, dass sie seit Jahren so unglücklich war.

»Mama, das wusste ich ja nicht, diese Geschichte mit deiner Schwester ist so traurig und es tut mir einfach schrecklich leid, dass alles so gekommen ist.« Im Gesicht meiner Mutter konnte ich deutlich die Traurigkeit erkennen und hatte daher das Bedürfnis, sie ganz fest in die Arme zu schließen. Ich eilte zu ihr, schlang meine Arme um sie und hielt sie einfach fest.

Wir standen minutenlang so da und niemand von uns konnte etwas sagen, bis der Teekocher einen schrillen Pfiff von sich gab.

»Wie kommt es jetzt dazu, dass du nach so vielen Jahren mit ihr telefonierst und der Kontakt wieder besteht?« Die Antwort auf diese Frage interessierte mich brennend und ich wollte unbedingt wissen, für was sich meine Mutter bei Ilsa vorhin bedankt hatte.

»Kannst du dich noch ein bisschen an deine Tante erinnern?«, kam es anstelle einer Antwort zurück.

»Ja, ich denke schon. Ist das diese Frau mit den roten Locken, die, die mich immer auf den Schoß genommen und mit mir gespielt und gesungen hat?«, fragte ich meine Mutter, was ihr ein Lächeln ins Gesicht zauberte. Sie schien sich ebenfalls an diese schönen Momente zu erinnern.

»Genau, das ist deine Tante Ilsa, von der du immer alles bekommen hast, was du dir als Kind gewünscht hattest«, antwortete sie schließlich, was nun auch mich schmunzeln ließ.

»Haha, ein paar Erinnerungsfetzen kommen irgendwie gerade zurück. Ich musste eben an meine Lieblingspuppe und meinen Huskystoffhund denken, was ich beides von ihr bekommen habe.« Meine Mutter und ich saßen inzwischen am Esstisch, tranken unseren Tee und schweiften mit unseren Gedanken zurück in die Vergangenheit. Es wirkte ein Stück weit heilend und befreiend, sich an schöne Dinge zu erinnern.

»Aber Mama, du hast mir noch keine Antwort darauf gegeben, warum du jetzt wieder Kontakt mit Tante Ilsa hast und für was du dich bei ihr bedankt hast?« Natürlich war mir bewusst, dass ich meiner Mutter ganz schönen Druck machte und ich spürte auch, dass es ihr schwerfiel, über das Thema zu reden. Hedda atmete tief ein und laut wieder aus.

»Liebling, in wenigen Tagen ist die Geburt deiner Kinder und du hast selbst schon gesagt, dass du dich davor fürchtest, sie hergeben zu müssen«, sprach meine Mutter leise und sah immer unruhig hin und her, um sich zu vergewissern, dass Filip nicht auf einmal vor der Tür stand.

»Ich erzähle dir jetzt in aller Ruhe meinen Plan und was mir so im Kopf herumschwirrt. Wenn ich damit fertig bin, kannst du mir deine Meinung dazu sagen. Ist das okay für dich?« Meine Mutter blickte mich flehend an und ich nickte ihr zu, dann schloss sie für einen klitzekleinen Moment die Augen und begann zu erzählen.

»Wenn du die Geburt deiner Kinder und die Adoption hinter dir hast, dann wird dein Leben hier zu Hause so weitergehen wie in den letzten Jahren. Deine Seele wird leer sein, weil du deine Babys vermisst und du ihnen keine Mutter sein kannst. Und deine Psyche wird total geschädigt – von deinem grauenhaften Vater, der leider ein Monster ist. Aber das weißt du ja. Und bisher konnte ich dich nicht vor ihm schützen. Aber das hat jetzt ein Ende.« Ich stützte meine Arme auf den Tisch, legte meinen Kopf in die Hände und hörte meiner Mutter angespannt und aufgeregt zu.

»Ich will nicht, dass du deine Kinder aufgeben musst. Schon gar nicht, dass du nach der Geburt wieder hierher zurückkommst. Darum habe ich mit deiner Tante gesprochen, ihr alles ganz genau geschildert und sie um einen sehr großen Gefallen gebeten. Zum Glück wusste ich im Vorhinein schon, dass ich bei Ilsa an der richtigen Stelle bin und sie meiner Idee und meiner Bitte sofort zustimmen würde.« Hedda hörte gar nicht mehr auf zu erzählen und ich saß schweigend da und nickte wieder nur.

»Während du ein paar Tage im Krankenhaus bist, um dich von der Geburt zu erholen, wirst du auf alle

Fälle in Sicherheit vor Filip sein. Denn wie er schon des Öfteren laut und deutlich preisgegeben hat, wird er sich niemals im Krankenhaus blicken lassen, da er auf keinen Fall die Kinder sehen möchte.« Meine Mutter trank aus ihrer Teetasse und räusperte sich kurz.

»Mein Schatz, nun sag ich dir, welchen Plan ich mir für dich und mich ausgedacht habe. Ich packe dir die wichtigsten Sachen ein, nehme sie mit ins Krankenhaus und sobald du entlassen wirst, kannst du mit oder ohne Kinder bei deiner Tante untertauchen. Natürlich haben wir zum Glück nicht so den Stress, da Filip ja in Stave beim Angeln ist. Somit werden wir, Tante Ilsa und Onkel Emil lange genug Zeit haben, uns auf den Weg nach Koppangen zu machen. Tante Ilsa meinte, dass sie uns persönlich abholen würde. Uns und die Kinder, falls du sie behalten willst. Wir alle sind bei ihnen zu Hause herzlich willkommen und sie freuen sich, wenn wir bei ihnen und somit in Sicherheit sind.«

Ach du heilige Maria, dachte ich und war komplett durcheinander, mit so etwas hatte ich ganz und gar nicht gerechnet. Mir verschlug es die Sprache und ich hielt die Luft an, da ich nicht wusste was hier gerade geschah.

»Na, Nora, was sagst du dazu?«, wollte meine Mutter von mir wissen und ihr Gesichtsausdruck wirkte angespannt.

Ich blies die angehaltene Luft zwischen den Lippen heraus und strich mir mit den Fingern übers Gesicht.

»Ahm ... ja ... hui, ich bin durch den Wind, damit hast du mich echt überrumpelt«, brachte ich stotternd hervor.

»Es hört sich echt gut an, endlich von hier wegzukommen und auch meine Kinder bei mir haben zu können, keine Frage. Doch was ist mit Filips Spitzel? Der verfolgt uns ja immer auf Schritt und Tritt, wenn der weiß, wo wir sind, sind wir nicht lange vor Filip sicher.« So vieles schwirrte in diesem Moment durch meinen Kopf und ich wusste nicht, wo vorne und wo hinten war.

»Wegen dem brauchst du dir keine Sorgen zu machen, Liebes. Ich werde mit dem Arzt darüber reden, ob er diesen Mann, der dann sicher draußen vor der Türe Wache stehen wird, nicht irgendwie ablenken kann, damit wir problemlos verschwinden können. Da er uns bei jedem Besuch in seiner Praxis seine Hilfe angeboten hat, gibt es hier sicher keine Probleme, also mache dir darüber keine Gedanken, Liebes. Und sobald wir ein paar Tage in Koppangen sind, fühlen wir uns dort sicher so wohl, dass wir gar nicht mehr von dort wegwollen. Auch wenn uns Filip dort aufsuchen wird, haben wir die Familie an unserer Seite und uns kann nichts mehr passieren. Ich sehe es jetzt schon kommen, wie dich Ilsa verwöhnen wird. Und deine Kinder erst, wenn du vielleicht doch mit den Babys zu ihr reist«, beruhigte mich meine Mutter und lächelte mich an.

»Mama, bitte hilf mir, ich habe so viele offene Fragen und weiß nicht, womit ich am besten anfangen soll«, plapperte ich wie ein Wasserfall drauflos und erhob auf.

»Wegen der Kinder, ich habe große Panik davor, dass es mir mit den Zwillingen zu viel wird und ich alles falsch mache, und es den Babys woanders besser gehen könnte. Mama, wenn ich mich für eine Adoption entscheiden würde, bin ich dann eine schlechte Mutter?« Als diese Worte aus meinem Mund kamen, wurden meine Trauer und Angst unerträglich.

»Liebling, was du eben gesagt hast, berührt mich und all die Fragen, die du hast, sind ganz normal. Du brauchst keine Angst haben, denn du bist mit deinen Kindern nicht alleine, du hast mich und auch deine

Tante und deinen Onkel an deiner Seite. Auch darfst du niemals denken, deinen Kindern würde es bei dir nicht gut gehen, denn den Babys geht es bei der Mutter immer am besten. Dass es sicher oftmals stressig werden wird mit zwei kleinen Kinderleins ist klar, doch auch das geht rum und wie gesagt, du bist niemals alleine«, gab sie mir als Antwort, nahm meine Hand in ihre und drückte sie ganz fest.

»Ich werde dir jetzt mal etwas sagen und bitte, nimm dir das zu Herzen. Niemals in deinem Leben wirst du eine schlechte Mutter sein. Im Gegenteil, du willst für deine Kinder nur das Beste.«

Wärme breitete sich in mir aus und ich war sehr gerührt von den Worten meiner Mum.

»Zu hören, dass man nie alleine sein wird, hört sich so schön an – und Mutter ich sage dir, ich werde jetzt die Geburt abwarten, darauf hoffen, dass alles gut geht und dass meine beiden Zwerge gesund und wohlauf sind, und dann werde ich mit dir und meinen Babys von hier weggehen.«

So gerührt ich auch von der Idee meiner Mutter war, brannten doch noch weitere Fragen in meinem Kopf, die ich nun endlich loswerden wollte.

»Können wir wirklich mit der Hilfe des Arztes rechnen, damit er den Mann vor der Tür ablenkt und wir unauffällig aus dem Krankenhaus kommen? Irgendwie habe ich Panik vor dem Ganzen. Glaubst du denn nicht auch, dass Filip als Erstes bei deiner Schwester nachfragen wird, ob wir nicht bei ihr sind?«, prasselten die Worte nur so aus meinem Mund, und meine Mum führte mich in das Wohnzimmer, wo wir auf der Couch Platz nahmen.

»Auf alle Fälle glaube ich, dass der Arzt uns dabei behilflich sein wird, aber natürlich werde ich so schnell wie möglich ein Gespräch mit ihm suchen, wenn wir wieder im Krankenhaus sind. Und Schatz, wenn er uns nicht dabei helfen kann oder will, dann finde ich eine andere Lösung für uns, darum brauchst du dir keinen Kopf zu machen«, erklärte sie mir liebevoll und sprach gleich weiter.

»Selbstverständlich geht es mir wie dir, und auch ich habe mir Gedanken über diverse Situationen gemacht. Dass Filip sich gleich bei meiner Schwester melden würde, kann ich mir auch vorstellen, aber wir brauchen keine Angst mehr zu haben, da wir in Koppangen nicht mehr alleine sind. Wir haben meine Schwester und ihren Mann an unserer Seite und er kommt nie mehr an uns heran.« Was meine Mutter da ausgeheckt hatte, hörte sich sehr verlockend an und je mehr wir darüber sprachen, desto größer wurde die Freude darauf, ihn umzusetzen.

»Ach Mama, das hört sich nach einem sehr gut durchdachten Vorhaben an und ich hoffe, dass uns alles so gelingt, wie wir uns das vorstellen«, gab ich ihr zur Antwort und drückte sie abermals fest an mich.

»Mama, können wir Tante Ilsa gleich noch Bescheid geben und ihr sagen, dass sie uns holen soll und wir zu ihnen kommen möchten?«, fragte ich hoffnungsvoll, während meine Mutter mich mit großen Augen ansah und ein breites Grinsen im Gesicht hatte.

»Liebling, mich freut es sehr, dass dir dieser Plan genauso gut gefällt wie mir und dass du dafür bist, dass wir es so versuchen. Klar rufe ich später Ilsa noch an und gebe ihr über alles Wichtige Bescheid.« Ich lächelte meine Mutter an und wir waren beide seit Langem wieder mal etwas glücklicher.

»Das ist schön. Danke, Mutti – für alles, was du für uns tust.«

Als an diesem sonnigen, aber kalten zwanzigsten Dezember ganz früh der Wecker klingelte, rekelte ich mich in meinem Bett und meine Gefühle fuhren Achterbahn. Es spielten sich so viele verschiedene Szenarien in meinem Kopf ab, dass es einfach furchtbar war. Einerseits freute ich mich darauf, dass es mein letzter Morgen in diesem Haus war. Andererseits wuchs auch mit jeder Minute die Nervosität vor der bevorstehenden Geburt meiner Kinder in mir heran. Ich machte mir Sorgen darum, ob alles gut gehen würde. Noch nie zuvor in meinem Leben hatte ich so ein Gefühlswirrwarr in mir verspürt wie heute. Die Panik vor möglichen Komplikationen, die allgemeine Aufgeregtheit vor der Geburt, die Freude, das erste Mal meine Kinder im Arm halten zu dürfen sowie die Unruhe und Vorfreude in mir, von hier wegzukommen. All diese Dinge beschäftigten mich und ich war so in meinen Gedanken verloren, dass ich erschrak, als jemand an meine Tür klopfte.

»Guten Morgen, mein Schatz. Na, wie geht es dir, hast du wenigstens ein bisschen schlafen können?« Ich war glücklich darüber, dass meine Mutter zu mir ins Zimmer kam und sich zu mir aufs Bett setzte.

»Morgen, Mama. Ja, geschlafen habe ich eigentlich ganz gut, doch seit ich wach bin, schwirren mir tausend Sachen im Kopf herum. Kannst du denn nicht machen, dass es aufhört oder es mir bald besser geht?«, flehte ich und sie nahm mich in den Arm.

»Ach, mein Liebling, mach dir bitte nicht immer so viele Sorgen und Gedanken. Du wirst sehen, alles wird gut. Glaube nur fest daran, ich tue es auch. Bald können wir alle wieder glücklich sein, versuche einfach, in den nächsten Stunden positiv zu denken.« Meine Mutter wiegte mich in ihren Armen und küsste mich sanft auf die Stirn.

»Komm, jetzt ist es an der Zeit, aufzustehen, um dich zurechtzumachen. Ich mache dir in der Zwischenzeit schon mal das Frühstück fertig.«

»Ja, Mum, ich mach ja schon«, sagte ich lächelnd, küsste sie auf die Wange, stand auf und ging langsam in das Badezimmer. Ich hörte noch, wie meine Zimmertür ins Schloss fiel, dann betrachtete ich mein Spiegelbild.

»Hui, die Schwangerschaft hat mir einige Kilos mehr auf die Rippen gebracht, als ich gedacht hätte. Hoffentlich geht es mir bald wieder richtig gut und ich bin schnell fit genug, um ein bisschen mit dem Training zu beginnen«, sagte ich mir laut.

Nachdem ich mich gewaschen und angezogen hatte, begab ich mich auf den Weg nach unten, um mit meiner Mutter noch in Ruhe zu frühstücken. Leider wurde unsere Zweisamkeit schnell unterbrochen, als Filip sturzbetrunken zur Haustür hereinstolperte. Er sah uns am Esszimmertisch sitzen und kam zu uns herüber, dann blickte er mich an und begann lauthals zu lachen. Mit bösem Blick und einer rauen, tiefen Stimme sagte er zu mir: »Mein allerliebster Schatz, nach monatelangem Warten bist du nun bald deinen hässlichen dicken Bauch los, der schon seit Tagen so aussieht, als würde er jederzeit platzen.« Ich drehte mich ein bisschen von ihm weg und sah auf mein Marmeladenbrot hinunter und wollte soeben abbeißen, als Filip es mir aus der Hand schlug und es zu Boden fiel. Er packte mich fest am Kinn und hob meinen Kopf so weit an, dass ich ihm direkt in die Augen blicken musste.

»Sagte ich nicht soeben zu dir, dass du schon fast aus allen Nähten platzt und dann glaubst du auch noch, genüsslich in dein Brot beißen zu können? Hast du mich denn nicht verstanden?«, fragte er mich und schüttelte meinen Schädel nach links und rechts.

»Ja, Papa, ich habe dich verstanden, es tut mir leid«, erwiderte ich ganz leise und schloss die Augen. Anscheinend passte Filip meine Antwort nicht, denn er ließ sich mit seinem ganzen Gewicht auf meinen Bauch fallen, nachdem er meinen Stuhl in seine Richtung gezogen hatte, und drückte mich so fest in den Stuhl.

»Nur, dass du es weißt, du kleine, freche Göre: Wenn diese Dinger in dir weg sind und dein Körper sich wieder von der Geburt erholt hat, werden wir ein Trainingsprogramm erstellen oder, besser gesagt, ein Fitnessprogramm«, erklärte er mir und ich betete nur, dass es meinen Kindern gut ging. Filip bemerkte immer, wenn ich ihm nicht richtig zuhörte – so auch jetzt. Daher verstärkte er den Druck auf meinen Bauch, während ich ihm flehend in die Augen sah.

»Willst du wissen, wie dein Programm aussehen wird?«, fragte er penetrant. Ich nickte ihm zu und atmete in kleinen Zügen.

»Sex. Jeden Tag Sex. Aber kein Blümchensex wie bisher, auf keinen Fall. Du kannst dich jetzt schon darauf einstellen, dass ich dein Dom sein werde und du meine Sub. Das heißt, ich bin ab jetzt der Dominante in unserer Beziehung, der die Regeln erstellt und dir sagt, wo es langgeht. Du wirst dich mir willenlos unterwerfen und alles machen, was ich von dir verlange. Und das wird viel sein. Du ahnst gar nicht, was ich alles mit dir tun werde.« Als ich diese Worte hörte und der sexistische Unterton in seiner Stimme mitschwang, schüttelte es mich am ganzen Körper. Auf einmal stand meine Mutter neben Filip und drückte ihn zurück.

»Jetzt ist aber Schluss mit den Drohungen, denn wir müssen noch alles ins Auto packen und danach muss ich Nora ins Krankenhaus bringen.« Filip sah Hedda emotionslos an, dann stahl sich ein schelmisches Grinsen in sein Gesicht und er antwortete: »Ja, Frauchen, dann werde ich wohl auf dich hören und euch mal in Ruhe lassen. Auch für mich ist es gut, wenn ihr bald fahrt. Je eher Nora ins Krankenhaus kommt, umso früher ist sie auch wieder bei mir. Doch auch ich werde jetzt dann meine Siebensachen zusammenpacken und mir ein paar Tage Auszeit genehmigen. Lange schon war ich nicht mehr angeln oder habe das tun können, was ich wollte, doch das werde ich in den kommenden Tagen genießen. Euch nicht sehen zu müssen, keinen Gedanken an euch zu verschwenden, da ja mein Aufpasser hier ist, der euch beobachtet, damit ihr nichts Unüberlegtes anstellt, das wird mir etwas Ruhe verschaffen.« Das war das Letzte, was ich von meinem irren Vater hörte, bevor mich meine Mutter von ihm weg und nach draußen zog.

Die Flucht

NORA

Nachdem mich meine Mutter ins Krankenhaus gebracht hatte, dauerte es nicht lange und die Ärzte holten mich für die letzten Untersuchungen ab. Ich war unendlich froh darüber, dass mich meine Mutter begleiten durfte.

Mein Körper machte nicht nur eine Zwillingsschwangerschaft durch, nein auch ein Gefühlschaos fand in mir statt und das war in meinem Stadium nicht gerade gut. Da konnte ich ihren Beistand nur zu gut gebrauchen.

Als ich im Untersuchungszimmer lag und der Assistenzarzt eine Ultraschalluntersuchung machte und meinen Blutdruck maß, gab er die Werte an den Arzt weiter, der zur Tür hereingekommen war.

»Hallo Nora, wie geht es dir?«, fragte er mich und ich wurde mit jeder Sekunde nervöser.

»Guten Morgen, Doc, na ja, es geht. Ich bin ziemlich angespannt und habe Angst.« Er schenkte mir ein Lächeln und sprach sanft auf mich ein.

»Das ist ganz normal und gehört dazu. Doch du brauchst überhaupt keine Angst zu haben, laut Ultraschall sind deine Babys wohlauf. Aber Kindchen, du musst bitte versuchen, dich etwas zu entspannen und zur Ruhe zu kommen, du bist jetzt bei uns in den allerbesten Händen und wir werden deine Babys gesund zur Welt bringen.« Schwach nickte ich ihm zu, sah im nächsten Moment zu meiner Mum und konnte die Tränen nicht mehr zurückhalten. Meine Mutter tätschelte meine Hand und lächelte.

»Liebling, alles wird gut, bald wirst du deine Babys in deinen Händen halten und alles Negative vergessen«, sagte sie und küsste mich sanft auf die Stirn. Nun kamen eine andere Schwester und eine Hebamme in das Zimmer.

»So, dann bringen wir dich mal in den OP-Raum, deine Mutter darf gerne hier oben warten. Es wird sicherlich nicht lange dauern, dann bist du mit deinen Babys wieder auf der Station«, sagte die Schwester. Meine Mutter küsste mich noch ein letztes Mal und dann wurde ich schon aus dem kleinen Zimmer geschoben.

Es ging alles so schnell, kaum im OP-Raum angekommen, bekam ich die entsprechende Betäubung und es wurde ein Vorhang vor mein Gesicht gezogen. Mir kam es irgendwie vor, dass ich den Rest nur in Trance erlebte.

Ich spürte, dass der Arzt mit den Hebammen irgendetwas an meinem Bauch machte, doch es tat nicht weh. Es kribbelte ein wenig und ab und zu fühlte es sich so an, als würde mich jemand kitzeln. Meine Gedanken kreisten und ich schloss für einen kurzen Augenblick die Augen. Wenig später erschrak ich, als ich den Arzt laut Anweisungen erteilen hörte.

»Schnell, bringt den Kleinen weg und zur Frühchen-Station, er gehört schnellstmöglich angeschlossen. Dann müssen die weiteren Untersuchungen durchgeführt werden.« Ich konnte nichts sehen und das Nächste, was ich zu hören bekam, war ein schrilles Babygeschrei. Es dauerte ein paar Sekunden, dann kam der Arzt zu mir, zog sich den Mundschutz nach unten und lächelte mich zufrieden an.

»Nora, du hast ein wunderhübsches, gesundes und lautstarkes Mädchen«, gab er mir zu verstehen und bevor ich überhaupt etwas fragen konnte, sprach er weiter.

»Und dein erstgeborenes Baby, der kleine Spatz, der etwa eine Minute früher das Licht der Welt erblickt hat, ist ein prachtvoller Junge. Wir haben ihn auf die Frühchen-Station bringen müssen, weil er noch nicht so bei Kräften ist und wir deswegen gleich noch ein paar Untersuchungen durchführen müssen. Aber mach dir keine Sorgen, alles wird gut und bald kannst du deine Babys in den Armen halten«, sagte er und strich mir kurz über den Oberarm, bevor er sich wieder an die Arbeit machte. Ich schloss meine Augen und versuchte, alles in meinen Kopf zu richten. Ich hatte einen Jungen und ein Mädchen zur Welt gebracht, das machte mich überaus glücklich. Doch die Angst, die ich schlagartig um meinen kleinen Sohn verspürte, schien unerträglich. Wenig später wurde ich auf mein Zimmer gebracht, und schlief erschöpft ein.

Als ich wieder erwachte, wusste ich anfangs nicht genau, wo ich mich befand. Und als ich mich betrachtete, erblickte ich meine wunderschöne Tochter. Das Gefühl, sein Kind in den Armen zu wiegen, war das Beste, was mir jemals widerfahren war.

»Hallo, meine kleine Prinzessin«, sagte ich leise und küsste sie ganz sanft auf das Köpfchen. Meine Tochter hatte helles Haar und sie hatte noch ein bisschen Käseschmiere drauf. Ich konnte den Blick gar nicht mehr von ihr wenden, weil sie so niedlich aussah. Als sich meine Mutter vom Stuhl neben meinem Bett erhob, blickte ich auf und strahlte sie an. Ich hatte sie bisher gar nicht wahrgenommen.

»Na, mein Schatz, wie geht es dir? Hast du Schmerzen?«, fragte sie mich und küsste mich so auf die Stirn, wie ich es zuvor bei meiner Tochter getan hatte.

»Nein, Mama, wenn man sein Kind sieht und festhält, dann sind fast alle Schmerzen vergessen, es zieht und brennt ein bisschen am unteren Bauchrand, doch es ist nicht schlimm«, sagte ich ihr und dann durchfuhr es mich wie ein Blitz.

»Mum, wo ist mein zweites Baby? Weißt du, wie es meinem Sohn geht? Darf ich ihn auch sehen und in die Arme schließen?«, fragte ich hoffnungsvoll und der Ausdruck, den ich jetzt in den Augen meiner Mutter sah, tat mir im Herzen weh. Ich wusste sofort, dass irgendetwas nicht stimmte.

»Was ist los? Bitte, sag mir, was mit meinem Jungen ist«, flehte ich sie an und Hedda atmete tief durch.

»Sie haben ihn am Herzen operieren müssen, da er ein kleines Loch hatte und jetzt liegt er auf der Babyintensivstation, und wird überwacht«, erklärte sie mir leise und drückte meine Hand.

»Du darfst heute noch nicht aufstehen, doch der Arzt meinte vorhin zu mir, wenn die Wunde etwas angeheilt ist und es dir gut geht, darfst du morgen aufstehen und deinen Sohn besuchen.« Mein Unterkiefer zitterte und ich konnte meine Tränen nicht zurückhalten. Natürlich bemerkte meine Tochter die Unruhe und wurde etwas quengelig, sodass meine Mutter schließlich meinte: »Probiere doch gleich mal, die Kleine zu stillen, somit kannst du sie sicher wieder beruhigen. Liebes, wir brauchen für deine Babys noch Namen. Hast du dir darüber schon Gedanken gemacht?« Nachdem mir meine Mutter diese Frage gestellt hatte, erklärte und zeigte sie mir, wie man das mit dem Stillen am besten machte. Es war unglaublich schön, nun spüren und bemerken zu können, dass wir – meine Tochter und ich – uns nicht blöd dabei anstellten, sondern alles klappte. Als sie zu saugen begann, sah ich meine Mutter aufgeregt an.

»Der Name meiner süßen Prinzessin soll Melina sein, und mein kleiner Kämpfer soll den Namen Maxim bekommen.« Hedda lächelte mich glückselig an.

»Diese Namen sind wunderschön.«

So eine Geburt, auch wenn es ein Kaiserschnitt gewesen war, war für einen Frauenkörper sehr anstrengend. Das konnte ich in allen Knochen spüren. Als ich gestern Abend meine Tochter gestillt hatte, war ich eingenickt und hatte fast bis heute früh durchgeschlafen. Der Doktor war vorhin zu mir gekommen und hatte gemeint, dass ich in wenigen Minuten mit ihm auf die Babyintensivstation durfte, um meinen kleinen Sohn endlich zu sehen. Klar war ich ängstlich und nervös, da ich so sehr hoffte, dass er bald genauso fit und gesund sein würde wie seine Schwester. Doch als ich ihn in dem kleinen Brutkasten liegen sah mit all den Schläuchen, die von seinem Körper hingen, erschrak ich und begann laut zu schluchzen. Der Arzt reichte mir Handschuhe, da alles steril bleiben musste um das Baby nicht anzustecken, er redete liebevoll und fürsorglich auf mich ein und öffnete den Kasten auf einer Seite, damit ich so die Hand meines Babys nehmen durfte.

»Maxim, mein Sonnenschein, was machst du denn für Sachen, uns so einen Schrecken einzujagen? Bitte, du musst ganz schnell gesund werden, damit wir in ein paar Tagen zu deiner Tante reisen können«, sprach ich im Flüsterton und streichelte ganz vorsichtig und sanft über seine Fingerchen. Der Doc stand stillschweigend neben mir und ließ mir ein paar Minuten mit meinem Baby.

»Wir müssen jetzt wieder zumachen und Maxim schlafen lassen, damit er sich erholen kann und es ihm bald besser geht«, sagte er schließlich nett und schenkte mir ein schwaches Lächeln. So gerne ich es erwidern wollte, konnte ich es nicht, mein inneres Gefühl sagte mir noch immer, dass irgendwas nicht in Ordnung war. Es ließ mir keine Ruhe.

Der Doktor begleitete mich zurück in mein Zimmer, wo auch meine Mutter auf uns wartete, und rückte sich einen Sessel zu meinem Bett. Hedda tat es ihm gleich und so saßen wir nun im Krankenzimmer zusammen und es herrschte erdrückendes Stillschweigen, bis der Arzt es brach und sagte: »Nora, ich habe dich vorhin zu deinem Sohn sagen hören, dass er schnell gesund werden muss, damit ihr in ein paar Tagen zu deiner Tante reisen könnt. Auch wenn es jetzt sehr schlimm für dich ist, das zu hören, und es mir unendlich leidtut, dir das sagen zu müssen, doch Maxim muss sicher noch zwei bis drei Wochen hier bei uns bleiben. Die Herzoperation war ein schwerer Eingriff und er ist noch viel zu schwach, um ohne die Geräte zu überleben.« Als ich das hörte, blieb mir die Luft zum Atmen weg. Ich war regelrecht geschockt und wusste nicht mehr weiter. Niedergeschmettert und zutiefst verängstigt sah ich zu meiner Mutter, die sich gleich darauf zu mir aufs Bett setzte und mich an sich drückte. Ich legte meinen Kopf an ihre Schulter und weinte so heftig, dass mein ganzer Körper bebte.

»Pst, mein Schatz. Herr Doktor, das hört sich ja gar nicht gut an«, sagte meine Mutti leise und wiegte mich in ihren Armen. »Wie Sie ja von Anfang an mitbekommen haben, haben wir zu Hause große Probleme mit meinem Mann. jetzt ist der Zeitpunkt gekommen, wo ich Sie in unseren Plan einweihen und um einen großen Gefallen bitten muss«, kam es zaghaft aus Mutters

Mund und ich spürte, dass sie mich noch fester an sich drückte. Ich hob meinen Kopf und blickte auf, der Arzt sah uns beide an und nickte meiner Mutter zu.

»Bitte schön, Frau Joki, erzählen Sie mir genau, um was es geht.« Bevor Mutter zu reden begann, küsste sie mich noch auf die Wange und sah mich liebevoll an.

»Es ist echt schwierig für mich, darüber zu reden«, meinte sie und seufzte tief. Sie schaute beschämt zum Arzt und fuhr fort. »Also, unser Familienleben ist leider vor einer gewissen Zeit den Bach runtergegangen, mein Mann hat zu trinken begonnen, wurde aggressiv und hat sich an unserer Tochter vergriffen. Wir konnten nie flüchten oder etwas dagegen unternehmen, weil er immer seinen Spitzel auf uns angesetzt hatte, so auch jetzt.« Ich sah dem Arzt gespannt in die Augen, da ich seinen Gesichtsausdruck und seine Reaktion deuten wollte. Er rieb sich das Kinn und runzelte die Stirn.

»Frau Joki, bitte, das müssen Sie mir genauer erklären. Wie meinen Sie das mit dem *so auch jetzt?*«

»Der Spitzel von meinem Mann ist hier, er wartet draußen vorm Eingang, damit wir ihm ja nicht entkommen können«, klärte meine Mum den Doktor auf und sprach sofort weiter, damit er nicht dazwischenreden konnte. »Darum hätten wir auch eine große Bitte an Sie. Sobald Nora mit ihren Babys das Krankenhaus verlassen darf, rufe ich meine Schwester an und sie holt uns ab, und wir verschwinden von hier. Sie wohnt über dreihundert Kilometer von unserem Heimatort entfernt. Wir werden bei ihr untertauchen, um uns ein neues, sicheres Leben aufzubauen. Doch wir können nicht ohne Probleme das Krankenhaus verlassen, da dieser Typ Schmiere steht und uns bewacht«, schilderte meine Mutter alles genau. Wenig später erhob der Arzt sich vom Stuhl und ging im Zimmer auf und ab. Man sah ihm an, dass er überlegte und sich einen

Kopf über die ganze Sache machte. Dann kam er zu uns zum Bett und kniete sich vor uns nieder.

»Frau Joki, Nora, macht euch deswegen keine Gedanken, sobald ich weiß, dass euer *Taxi* hier ist, werde ich nach draußen gehen und mich um diesen Mann kümmern. Da Sie, Frau Joki, ja immer früh am Morgen hierherkommen und am Abend wieder nach Hause fahren, wäre es das Beste, wenn ihre Schwester sie schon am Vormittag abholt«, erläuterte alles und fügte dann noch freundlich hinzu: »Dann habt ihr genügend Zeit, könnt gemütlich eure Reise antreten und niemand wird bis zum Abend hin bemerken, dass ihr das Krankenhaus verlassen habt.« In seinen Worten schwang Zuversicht mit, und er lächelte uns an, als er in Richtung Tür ging. Ich dachte über alles noch mal nach, und bevor er den Raum verließ, musste ich ihm noch dringend eine Frage stellen.

»Wie lange wird es noch dauern, bis ich das Krankenhaus verlassen darf?« Er nahm den Türknopf in die Hand und drehte sich noch mal zu uns um.

»Also, wenn alles so gut verheilt wie bis jetzt, und es deiner Tochter gut geht, dann darfst du in den nächsten sechs bis sieben Tagen das Krankenhaus verlassen.« Da war es wieder, er sprach wieder nur davon, dass ich mein Mädchen mitnehmen durfte. Doch was würde aus meinem Sohn?

»Ich kann doch meinen Jungen nicht einfach zurücklassen, und ihn später erst zu uns holen, das würde nicht funktionieren und die Angst, dass Filip mich hier aufspüren könnte, ist viel zu groß. Was soll ich denn bloß tun?«, fragte ich ängstlich meine Mutter und blickte zum Doc. Meiner Mutter kamen die Tränen und sie konnte nichts darauf erwidern. Ich selbst war am Boden zerstört. Der Arzt trat erneut näher und sagte einfühlsam: »Nora, ich kann verstehen, wie schwierig diese Situation für dich ist. Doch dein Sohn Maxim muss, wie bereits erwähnt, noch ein paar Wochen bei uns bleiben. Wir müssen uns erst sicher sein, dass er gesund und kräftig genug ist, um nach Hause zu dürfen, bevor wir ihn entlassen. Ich werde dir jetzt was sagen, ich kenne eine liebevolle Familie, die unbedingt Kinder möchte und gerne ein Baby adoptieren würden. Überlege es dir in Ruhe, du musst nicht gleich eine Entscheidung treffen, da es für dich auch sehr traurig und schwierig sein wird. Aber es wäre gut, wenn du mir in den nächsten Tagen eine Antwort dazu geben kannst. Wenn du dich für eine Adoption entscheidest, dann würde ich dieser Familie gleich Bescheid geben und sie ins Krankenhaus beordern. Dann können sie herkommen und von Anfang an für Maxim sorgen. Er wäre dann nicht so alleine. Du bist noch so jung und hast in deinem kurzen Leben schon so viel durchmachen müssen. Ich wünsche dir, deiner kleinen Tochter und deiner Mutter, dass ihr bald wieder ohne Angst glücklich und zufrieden leben könnt.« Er verabschiedete sich noch kurz und ließ uns alleine im Zimmer zurück.

Ich sprach noch eine längere Zeit mit meiner Mutter über das Adoptionsthema und hörte ihr an, dass sie darüber positiv dachte.

In den letzten Tagen hatte ich viel nachgedacht, unzählige Tränen vergossen und so oft wie möglich meinen Sohn besucht. Letztlich kam ich zu dem Entschluss, Maxim zur Adoption freizugeben. Es war ein schwerer und trauriger Weg, doch es ging nicht anders. Mit dem Arzt und meiner Mutter wurden alle wichtigen Unterlagen ausgefüllt. So gab ich an, dass die Adoption anonym sein sollte. Erst wenn mein Sohn achtzehn Jahre sein würde und wirklich wissen wollte, wer seine leibliche Mutter war, würde er die Information erhalten.

Meine Mutter telefonierte einige Male mit meiner Tante Ilsa, berichtete ihr von der Geburt der Zwillinge und klärte mit ihr ab, wie es nun mit uns weitergehen würde. Die zwei Schwestern vereinbarten, dass Tante Ilsa uns am dreißigsten Dezember um neun Uhr aus dem Krankenhaus in Harstad abholen würde.

Die Weihnachtstage zogen an mir vorbei. Ich war erleichtert, als sie endlich vorüber waren, denn es gab nichts Schrecklicheres als gut gelaunte und Weihnachtslieder trällernde Leute, wenn es einem selbst mehr als bescheiden ging.

An diesem Morgen besuchte ich zum Abschied meinen süßen Schatz, ich durfte ihn in den Arm nehmen und noch einmal an mich legen, ihn küssen und berühren. Ich fühlte eine totale Leere in mir und mein Herz zerbrach Stück für Stück, als ich ihn wieder hinlegen musste.

»Mein süßer Sohnemann, es tut mir so unendlich leid, dich hier zurücklassen zu müssen. Immer werde ich dich in meinem Herzen tragen und niemals aufhören an dich zu denken. Ich liebe Dich.«

Als ich einige Zeit später in mein Zimmer zurückkam, hatte meine Mutter schon alle Sachen in die Tasche gepackt. Die Krankenschwester brachte meine niedliche Tochter herein.

»Nora, da hast du echt einen Sonnenschein mit Melina bekommen, so ein ruhiges Baby, das kaum quengelt, hat man selten«, sagte die Schwester zu mir und reichte mir meine Tochter.

»Ja, ich bin auch überaus stolz auf meine Prinzessin und freue mich schon sehr darauf, mit ihr nach Hause zu kommen.«

Ich war froh darüber, dass niemand meinen Jungen erwähnte, denn das wäre unerträglich für mich gewesen. Der Doktor kam in das Zimmer herein und lächelte mich an.

»So, meine Liebe, nun ist es so weit. Ihr könnt nach Hause gehen beziehungsweise zu deiner Tante und die Zeit mit deinem Baby genießen. Ich bitte dich jedoch darum, dass du dir in deiner neuen Heimat einen Arzt suchst, der alle wichtigen und weiteren Untersuchungen der nächsten Monate übernimmt«, forderte er mich auf und ich stimmte ihm zu, da ich wusste, wie wichtig das für mein Kind war.

»Ich werde mich jetzt um unser kleines Problem vor dem Eingang kümmern und würde euch bitten, in fünf Minuten das Krankenhaus zu verlassen. Wer weiß schon, wie lange ich ihn aufhalten kann. Deine Tante habe ich soeben kennengelernt, sie ist schon da und wartet auf dem Gang auf euch. Alles Gute für die Zukunft, viel Freude und Gesundheit«, wünschte er mir und meiner Mutter und gab uns zum Abschied noch die Hand.

Er verschwand aus dem Zimmer, Mutti nahm unsere Taschen und ich die Babyschale, in der Melina schlafend lag. Sie sah so friedlich aus und bekam von all dem Stress zum Glück nichts mit.

Als wir aus dem Zimmer traten, rannte Tante Ilsa sofort auf uns zu und drückte uns mit tränenden Augen an sich.

»Ihr Lieben, ich bin so glücklich, euch endlich wiederzusehen«, flüsterte sie schluchzend. Dann lugte sie noch schnell in die Babyschale und streichelte Melina kurz über der Wange.

»So eine hübsche Maus. Aber jetzt kommt schnell und lasst uns von hier verschwinden, der Arzt gab uns fünf Minuten Zeit, und die sollten wir nicht verschwenden«, redete sie auf uns ein und deutete uns mit der Hand, dass wir ihr folgen sollen.

Fast im Laufschritt waren wir unterwegs zum dem Krankenhaus gegenüberliegenden Parkplatz. Es war ein Vorteil, dass es bei uns in Norwegen im Dezember quasi durchgehend dunkel war und man draußen somit etwas besser getarnt war. Wir atmeten auf und waren erleichtert, als Onkel Emil uns begrüßte und die Taschen im Kofferraum packte. Eine Minute später fuhren wir vom Parkplatz und waren unterwegs nach Koppangen.

Eine brenzlige Situation

Koppangen, Winter 1985

NORA

Tante Ilsa und Onkel Emil lebten in einem wunderschönen großen Haus. Es war ein Doppelhaus, mit zwei separaten Eingängen, also eigentlich war das Haus für zwei Familien gedacht, wobei die eine Hälfte schon seit Längerem leer stand. Denn ihr Sohn Pat war wegen seiner Arbeitsstelle nach Oslo gezogen, wie sie uns erzählt hatten. Inzwischen lebten wir bereits seit einigen Wochen bei ihnen und konnten uns gut erholen. Die Angst die man hatte, Filip würde jederzeit vor der Türe stehen, war natürlich vorhanden, aber bei weitem nicht mehr so schlimm, wie in unseren ersten Tagen die wir in Koppangen verbrachten. Noch immer fehlten uns zwar einige Dinge, aber zum Glück sollte sich das bald erledigt haben. Denn meine Mutter hatte nach etlichen Bewerbungen, die sie an verschiedenste Firmen gesandt hatte, endlich eine Rückmeldung erhalten. In ein paar Tagen, begann meine Mum ihre Arbeit in einem Supermarkt und außerdem bekam auch ich eine Rückmeldung, dass ich dieses Jahr im Herbst noch eine Ausbildung als Köchin antreten konnte. Dann konnten meine Mutter und ich alles genau planen, wer wann bei der kleinen Melina zu Hause war.

Am Dienstag, eine Woche vor Valentinstag, wurden alle Möbel komplett aufgebaut. Wir räumten gerade unsere Sachen fertig ein, sodass meine Mutter und ich jetzt an diesem wunderschönen verschneiten Freitag eine Tür weiter ziehen konnten. In unsere eigene Haushälfte. Bisweilen, hatten wir in deren Gästezimmer geschlafen und uns dort breitgemacht, doch von nun an hatten wir unser eigenes Häuschen und konnten ganz von vorne starten.

Meine Tante hatte meiner Mutter die zweite Haushälfte zur Miete überlassen, damit wir fortan unser eigenes Reich bewohnen konnten.

Das Gefühl, sich in Sicherheit zu wiegen, war überaus beruhigend und tat meiner Seele gut. Doch meine Traurigkeit, weil ich meinen Sohn weggegeben hatte und er so nicht bei mir war, wurde täglich schlimmer. Meine Mutter und auch meine Tante sagten mir sehr oft, dass die Zeit alle Wunden heilte, und trotzdem wusste ich, dass diese eine Wunde immer in meinem Herzen bleiben würde. Seit ein paar Wochen besuchte ich daher eine Psychologin. Es tat gut, mit einer Fremden oder, besser gesagt, einer Außenstehenden über diese Geschichte zu reden. Doch seit ein paar Tage hatte ich irgendwie ein merkwürdiges Gefühl, und als wir an diesem Tag gemeinsam im Esszimmer beim Mittagessen saßen, sagte ich zu meiner Familie: »Es passiert heute noch irgendetwas, das sagt mir mein Bauchgefühl. Ich werde die Vorstellung nicht los, dass es was mit Filip zu tun hat.« Nachdem dieser Name über meine Lippen kam, ließ meine Mutter den Löffel zu Boden fallen und Melina begann zu weinen. Meine Mum sah mich entschuldigend an und ich lächelte ihr liebevoll zu, bevor ich aufstand und zu Melinas Schaukelbett ging, um sie zu beruhigen und ihr den Schnuller zu geben.

»Wie kommst du denn darauf? Er hat sich in den ganzen Wochen nicht hier gemeldet, warum sollte es ausgerechnet jetzt sein?«, fragte meine Mutter mich und ihr Ton war etwas aufgebracht.

»Hm, ich weiß auch nicht, warum ich das denke, aber er ist nicht doof und wie ich ihn kenne, hat er alles Mögliche in die Wege geleitet, um Tante Ilsa ausfindig zu machen«, erklärte ich. »Das ist noch nicht alles. Seit wir hier bei dir in Koppangen sind, liebe Tante, schweifen meine Gedanken immer öfter zu meinen Brüdern Aksel und Fredrik. Ob sie noch in der Fischölfabrik in Oslo arbeiten? Irgendwo in der großen Stofftüte, wo sich alle Fotos und Informationen über Huskys befinden, habe ich den Brief von Fredrik versteckt, den er mir vor langer Zeit mal hinterlassen hatte, und wo er mir auch seine neue Adresse drauf geschrieben hatte. Ich muss diesen unbedingt suchen. Mutter, ich werde ihm schreiben, denn ich vermisse Fredrik und vielleicht ergeht es ihm ja genauso wie mir.« Im selben Moment, als ich meiner Mum und meiner Tante dies verkündete, klingelte das Telefon. Wir zuckten augenblicklich alle zusammen und jedem stand die Angst ins Gesicht geschrieben. Ilsa erhob sich und ging zur Kommode, auf der das Telefon stand, nahm den Hörer ab und wir starrten sie an.

»Hallo.« Ich hielt den Atem an und wartete gespannt auf das, was jetzt kommen würde, und als meine Tante laut zu lachen begann und sich gleich darauf den Mund zuhielt, um Melina nicht zu wecken, sahen wir sie irritiert an. Sie neigte den Hörer etwas zur Seite und sagte dann an uns gewandt: »Es ist Emil.« Nun mussten auch wir über unser ängstliches Verhalten lachen. Das Telefonat dauerte nicht lange und Ilsa kam wieder zum Tisch zurück und Mutter kam noch einmal auf das Briefthema zurück.

»Erstens muss ich ja schon sagen, wir sind verrückte Hühner und lassen uns – nur – von Noras Bauchgefühl so sehr beängstigen, dass wir nur vom Klingeln eines Telefons zusammenzucken. Nora, dass du Fredrik schreiben willst, finde ich echt super und ich glaube auch, dass er dich sehr gerne wiedersehen möchte. Ob das bei Aksel auch zutrifft, kann ich nicht sagen, da er immer schon eifersüchtig auf dich und kühl zu uns allen war. Aber schön wäre es ja, wenn dein Bruder Fredrik uns ab und zu mal besuchen kommen würde«, äußerte sich meine Mutter dazu.

»Ach ja, und Emil wollte mir nur schnell mitteilen, dass sein Patenkind Sondre heute Abend zum Essen vorbeikommt. An den kannst du dich nicht mehr erinnern, Nora, oder?«, fragte meine Tante mich nun und ich musste es verneinen.

»Ich glaube, wir hatten ihn zweimal mitgenommen, als wir bei euch zu Besuch waren. Und ihr habt immer so nett miteinander gespielt und euch unterhalten«, erzählte meine Tante grinsend weiter. »Ihr seid fast gleich alt und ja, wie soll ich es sagen, Sondre ist ein hübscher Junge, sehr nett, hilfsbereit und einfach ein liebevoller Kerl. Das passt doch genau, wenn er heute zum Essen kommt und wir alle gemeinsam euren Einzug in euer neues Reich feiern können.« Ich stieß sie leicht in die Seite und verdrehte meine Augen.

»Tante, ich bitte dich, du übertreibst mal wieder maßlos«, war alles, was ich dazu sagen konnte. Alle drei mussten wir darüber lachen.

»Liebes, deine Mutter hat recht. Schreib deinem Bruder einen Brief und ich werde dafür beten, dass er sich bei dir meldet und zu uns zurückkommt.«

Der Tag war sehr schnell verflogen, ich war am Nachmittag mit Melinchen spazieren und hatte den Neuschnee genossen. Nächstes Jahr um diese Zeit konnte ich mit ihr schon im Schnee herumtollen und einen

Schneemann bauen. Um auf andere Gedanken zu kommen, verbrachte ich heute viel Zeit mit ihr draußen. Selbst wenn wir das Thema *Filip* zu Hause nicht mehr angesprochen hatten im Laufe des Tages, so hatte ich doch nach wie vor die ganze Zeit über ein komisches Gefühl.

Meine Tante hatte am späten Nachmittag unsere Küche in Beschlagnahmung genommen, da heute zur Einweihung gleich in unserem Haus gekocht wurde. Als ich mit meiner Mutter am Abend den Tisch deckte und Emil sich um Melina kümmerte und sie in den Schlaf schaukelte, schrak ich plötzlich zusammen, da es an der Türe klingelte.

»Ich gehe schon, dass wird Sondre sein«, meinte Tante Ilsa und ging gut gelaunt aus der Küche.

»Sag mal, Liebes, du bist ja heute wirklich schreckhaft, was ist denn los mit dir? Spukt dir immer noch Filip im Kopf herum?«, wollte meine Mutti von mir wissen und strich mir zärtlich über den Arm. Ich konnte ihr nur zunicken, da ich irgendwie einen Kloß im Hals hatte und es mir immer noch schwerfiel, über dieses Monster zu reden.

»Ach Schatz, denke doch nicht immer an ihn, und ich würde sagen, wenn es dir bis zu dem nächsten Termin bei der Psychologin immer noch nicht besser geht, muss du vielleicht ausführlicher mit ihr mal darüber sprechen. Das fällt dir sicher einfacher, als mit uns darüber zu reden, obwohl du nie vergessen darfst, ich und deine Tante sind jederzeit für dich da«, sagte sie liebevoll und gab mir ein Küsschen auf die Wange.

Im nächsten Augenblick schwang die Tür auf und Sondre betrat mit meiner Tante die große Küche- und Esszimmerraum. Er sah von meiner Mum zu mir, dann zu Emil und dem Baby und dann wieder zu mir und sein Blick blieb an meinen Augen haften. Er lächelte und sagte laut: »Hallo zusammen.« Hedda ging gleich auf ihn zu, gab ihm die Hand und zog ihn zu sich.

»Schön, dich wiederzusehen, Sondre, lange ist es her und wie groß du geworden bist.« Sie tätschelte sein Gesicht und ich musste mich doch etwas für meine Mutter schämen meine Wangen röteten sich.

»Mich freut es auch, Hedda.« Er lächelte meine Mutter freundlich an und kam dann auf mich zu. Meine Tante hatte wie immer recht behalten, er war groß, schlank, aber doch muskulös, hatte kurzes dunkles Haar und braungraue Augen. Ein wirklich sexy Typ, der sicher nicht auf ein siebzehnjähriges Mädchen steht, das schon Mutter geworden ist.

»Hey, Nora, schön, dass ihr jetzt hier in Koppangen wohnt und wir die Möglichkeit haben, uns öfter zu sehen«, begrüßte er mich und tat es meiner Mutter gleich. Er zog mich in seine Arme, gab mir links und rechts ein Küsschen auf die Wange und strich mir sanft über den Rücken. Mein Körper versteifte sich unter seiner Berührung und als er wieder von mir abließ, merkte ich, wie angespannt ich war. Ich starrte ihn an und wusste, dass ich endlich etwas darauf sagen musste.

»Hey, Sondre, ja, es ist echt schön, dass wir uns wiedersehen«, war alles, was ich zustande brachte, bevor mein Baby zu weinen begann und mein Onkel mir die Kleine brachte. Ich nahm sie und drückte Melina etwas an mich und wiegte sie in meinen Armen. Sondre ging ein bisschen um mich herum, damit er Melina besser betrachten konnte. Er lächelte das Baby an und begann mit ihr in Babysprache zu reden – und mit einem Mal war sie ruhig.

»Ist das deine süße Tochter?«, erkundigte er sich und sah mich fasziniert an.

»Ja, das ist meine Tochter und sie heißt Melina«, erläuterte ich ihm. Andere Jungs in unserem Alter würden sicherlich auf Distanz gehen, doch bei Sondre war das ganz anders. Seine so positive Reaktion freute mich und doch fühlte ich mich unsicher, in der Nähe eines Mannes.

»Melina, schöner Name, sie ist ebenso hübsch wie ihre Mutter «, offenbarte er mir, und bevor wir unser Gespräch weiterführen konnten, schrie meine Tante plötzlich aus der Küche: »Essen ist fertig, daher bitte ich euch, Platz zu nehmen.« Ich nickte ihm schüchtern zu und legte Melina wieder in ihre Babywiege und gab dieser einen kleinen Schubs, denn meine kleine Prinzessin liebte es, wenn es schaukelte. Sondre blieb im Wohnzimmer stehen und wartete auf mich.

»Darf ich mich zu dir an den Tisch setzen?«, fragte er freundlich, ich nickte ihm schüchtern zu und doch machte es mich glücklich.

»Sehr gerne.«

Das Essen war sehr lecker und natürlich viel zu viel, doch wir ließen uns Zeit damit und quatschten über Gott und die Welt. Zwischendurch erhob ich mich, um mit Melina nach oben in ihr rosarotes Kinderzimmer zu gehen, sie zu stillen und in ihr Bettchen zu legen.

Eine gute halbe Stunde später machte ich mich auf den Weg nach unten und freute mich, als Sondre den Flur rauskam und mich die Treppe runterkommen sah. Er grinste mich an und fragte: »Hast du Lust, kurz mit mir an die frische Luft zu gehen?« Sondre wirkte ebenfalls etwas zurückhaltend und schüchtern, das gefiel mir auf Anhieb und gab mir ein besseres Gefühl.

»Das ist eine perfekte Idee, denn ich bin noch so vollgestopft von dem köstlichen Essen meiner Tante und da schadet ein Verdauungsspaziergang nicht«, erwiderte ich und gab meiner Mutter noch kurz Bescheid.

»Mum, wir gehen eine kleine Runde spazieren, Melina schläft oben in ihrem Bett.« Sie kicherte und meinte nur: »Schatz, das ist überhaupt kein Problem, genießt die gemeinsame Zeit und habt Spaß, ihr habt euch sicher eine Menge zu erzählen.« Bevor sie die Chance hatte, noch irgendetwas zu sagen, machte ich im Esszimmer kehrt, ging zur Garderobe und Sondre half mir gentlemanlike in die Jacke.

Als wir das Haus verließen, zog ich meine Jacke etwas enger um mich, denn es war bitterkalt und es fröstelte mich.

Sondre bemerkte das und legte seinen Arm schützend um meine Schulter. Erneut zuckte mein Körper bei seiner Berührung und ich versteifte mich abermals. Sondre bemerkte es und ließ locker.

»Sorry wollte dir nicht zu nahe treten. Darf ich dich etwas wärmen?«, fragte er höflich und ich lächelte ihn an.

Wir gingen eine Zeit lang schweigend dahin und genossen das Knirschen des unter unseren Füßen gefrorenen Bodens. In den letzten Tagen hatte es so viel geschneit wie schon seit Jahren nicht mehr – und ich fand es wunderschön.

»Ich liebe es, wenn es so viel schneit und am schönsten ist es, den Steg am Strand entlangzuschreiten. Da gehe ich sehr oft mit Melina hin und beobachte mit ihr das Meer«, sagte ich zu ihm und hoffte, somit das zwischen uns entstandene Schweigen zu unterbrechen.

»Echt? Schade, dass wir uns dort noch nie über den Weg gelaufen sind. Denn mir geht es genauso und ich genieße es jeden Tag in vollen Zügen, wenn ich mit Rusky am Strand laufen kann.« Ich sah ihn an und wurde neugierig.

»Wer ist Rusky?« Nun lächelte er mich an.

»Sie ist meine Husky-Hündin und sozusagen meine Partnerin seit fast drei Jahren«, klärte er mich auf.

Meine Augen wurden größer und das Strahlen in meinem Gesicht immer breiter.

»Oh, wie schön, das sind meine Lieblingshunde. Ich wollte als Kind schon immer auf einer Husky-Farm arbeiten, doch das geht jetzt nicht mehr«, erwiderte ich etwas traurig, doch Sondre wusste genau, wie er meine Laune wieder heben konnte.

»Hm, ja, auf einer Farm kannst du die nächste Zeit leider nicht arbeiten, aber ich wüsste da etwas anderes für dich«, meinte er und ich sah ihn fragend an.

»Ach so, und das wäre?« Wir standen inzwischen am Steg und vor uns lag das prachtvolle dunkelblaue Meer. Ich hielt inne, lehnte mich an den Holzsteg und atmete tief die frische Meeresluft ein.

»Zum Glück kommt jetzt die Zeit, wo es täglich wieder mehr Tageslicht gibt. Darauf freue ich mich. Doch um noch mal zum Thema *Husky* zu kommen. Was hast du damit gemeint, du wüsstest etwas für mich?«, fragte ich ihn erneut und Sondre stellte sich dicht neben mich. Es war angenehm seine Wärme zu spüren, doch das ängstliche Gefühl in mir, lebte immer noch weiter.

»Hm, wie soll ich das sagen. Ein Freund von mir hat eine Husky-Hündin, die vor ein paar Wochen fünf Welpen zur Welt gebracht hat. Zwei davon sind noch nicht vergeben, dabei sind sie so zuckersüß«, erzählte er mir und nahm meine Hand. Hier am Meeressteg war es klirrend kalt und der Wind blies uns um die Ohren, doch mit Sondre an meiner Seite war mit warm. Irgendwie entstand ein Wirrwarr aus gemischten Gefühlen in meinem Innern. Mein Körper bebte, weil ich Angst vor der Nähe zu einem Mann hatte, da ich immer wieder daran denken musste, was mir angetan wurde. Aber Sondre war so offen und nett zu mir, und das fühlte sich gut an. Doch irgendwie wurde es mir zu viel auf einmal und deswegen rutschte ich ein bisschen von Sondre weg. Er sah mich an und studierte mein Gesicht, und wieder einmal wusste er genau, wie er damit umgehen musste.

»Na, was sagst du dazu? Willst du dir die Welpen einmal ansehen?«, kam er rasch zu diesem wundervollen Hundethema zurück und zog mich damit in seinen Bann.

»Ansehen kostet mich nichts und nehmen muss ich ja keinen, obwohl es schwierig werden wird, mich in keinen davon zu verlieben. Also, ich würde mich total freuen, wenn du mir die Welpen zeigst.« Lachend sah ich ihn an, meine Stimmung hatte sich doch tatsächlich wieder verbessert. Und daran war nur Sondre schuld. Bevor wir den Heimweg antraten, sagte er noch: »Passt, dann hole ich dich morgen Nachmittag ab und wir machen einen entspannten Ausflug. Keine Sorge, nur kurz. Ich weiß ja, dass du bald wieder bei deiner kleinen Tochter sein musst.«

SONDRE

Ich setzte mich in meinen Wagen und sah noch mal zurück zur Haustür, leider war Nora schon wieder ins Hausinnere gegangen. Wer hätte gedacht, dass die kleine Nora von früher ihre etwas pummelige Figur hinter sich lassen, groß und schlank werden würde. Sie sah einfach wunderhübsch aus.

»In diese Frau könnte ich mich verlieben. Doch ich glaube, das wird eine große Herausforderung, denn sie wirkt etwas ängstlich und schüchtern«, sprach ich zu mir selbst, während ich das Radio andrehte und den Motor startete. Dann fuhr ich aus der Ausfahrt, während meine Gedanken um Nora und ihre süße Tochter Melina kreisten.

Auf das morgige Treffen freute ich mich jetzt schon und war gespannt, wie es ihr gefallen würde, auf die Welpen zu treffen.

NORA

Sanftes Licht schien durch die Vorhänge in mein Schlafzimmer, als ich mich streckte und gähnte, hörte ich auch schon die Proteste meiner kleinen Prinzessin. Ich ging zu ihrem Bettchen und als sie mich sah, beruhigte sie sich augenblicklich und begann zu lächeln.

»Hallo, mein Schatz, bist du schon wach und hast Hunger?«, fragte ich im Flüsterton und nahm sie heraus. Ich schlenderte glücklich zu meinem Bett zurück und kuschelte mich mit ihr unter die warme Decke. Zärtlich streichelte ich ihr über die Wangen, machte meine Brust frei, um meine Tochter an mich zu legen und zu füttern. Es war ein so schönes Gefühl, sie dabei zu betrachten und zu sehen, wie gut es ihr ging. Doch jedes Mal aufs Neue fragte ich mich, was mein Sohn machte, und hoffte inständig, dass es auch Maxim bei seinen Adoptiveltern gut ergehen würde.

Nachdem ich minutenlang an meinen Sohn gedacht hatte und sich vereinzelt ein paar Tränen den Weg über meine Wangen gesucht hatten, schweiften meine Gedanken an den gestrigen Tag und Abend zurück. An den Brief, den ich Fredrik schreiben wollte und an Sondres Anwesenheit, die Gespräche mit ihm und seine sich angenehm anfühlende Wärme. Melina spürte, dass sich meine Stimmung änderte, hörte auf zu nuckeln und sah mich mit ihrem wunderschönen Babygrinsen an.

»Ja, mein Schatz, es war ein sehr schöner Abend gestern mit Sondre und ich freue mich schon darauf, ihn heute Nachmittag wiederzusehen. Also, mein Spatz, wenn die Omi später auf dich aufpasst, sei bitte eine kleine Prinzessin und mach ja keine Probleme.«

Ich legte Melinchen frische Windeln an, zog ihr einen rosafarbenen Body über, der mit pinken Sternen bedruckt war, und ging mit ihr nach unten. Meine Mutter stand schon in der Küche. Schon als ich hereinkam, nahm ich den leckeren Duft wahr.

»Guten Morgen, Mama, sag mal, was backst du denn heute Leckeres?« Sie drehte sich zu mir um und lächelte uns beide an.

»Morgen, ihr zwei Süßen«, sagte sie und ging zu uns, um ihrer Enkelin liebevoll in die Wangen zu kneifen.

»Hallo, meine Prinzessin, na, hast du gut geschlafen? Ich mache einen Apfelkuchen für uns. Wenn Sondre dich heute wieder nach Hause bringt, soll er noch auf Kaffee und Kuchen reinkommen.« Mutti strich Melina über das kleine Köpfen und meine Tochter schenkte ihr ein glückseliges Lächeln.

Ich war glücklich darüber, ein so braves Baby zu haben. Sie quengelte oder weinte kaum und schlief inzwischen sogar von neun Uhr abends bis sieben in der Früh durch. Einfach ein Kind, das man sich nur wünschen konnte.

»Mama, ich leg die Kleine in ihr Reisebettchen und fahr es zu dir in die Küche. Könntest du kurz auf sie aufpassen, damit ich den Brief von Fredrik suchen kann?«, fragte ich und sah ein Strahlen in den Augen meiner Mutter.

»Klaro, kein Problem. Nicht wahr, mein Schatz? Wir zwei brauchen eh mal Zeit für uns, damit die Omi dich ein bisschen verwöhnen kann und die Mami uns nicht dabei sieht«, plapperte sie mit meiner Tochter und ich spürte diese schöne Wärme in mir, die sich immer dann breitmachte, wenn ich glücklich war.

»Danke schön. Doch nicht vergessen, du hast die kleine Maus heute Nachmittag auch noch zum Aufpassen, wenn ich mit Sondre zu den Husky-Welpen fahr«, erinnerte ich sie noch einmal daran und sie winkte ab.

»Glaubst du denn etwa, ich vergesse es, wenn ich meine Enkelin ganz für mich allein habe? Nein, nein, so ist das nicht. Obwohl alleine habe ich sie gar nicht, weil Tante Ilsa sicher mal vorbeischaut und den Sonnenschein ebenfalls knuddeln will.« Ich nickte und verließ lachend die Küche. So ein Bettchen mit Rollen hatte echt seine Vorteile. Denn wenig später brachte ich meiner Mutter das Schaukelreisebett, in das ich Melina gelegt hatte, und stellte es in die Ecke neben dem Küchentisch.

»So, ich mach mich mal auf die Suche und hoffe, dass ich den Brief noch finde. Wenn ja, werde ich vielleicht gleich noch versuchen, die richtigen Worte für Fredrik niederzuschreiben.« Ich gab meiner Mutter einen Kuss auf die Wange und verschwand nach oben in mein Reich, wo ich jetzt genug zu tun hatte, alle Fotos und Kuverts durchzusehen, wo sich irgendwo der Brief befinden musste.

Ich fühlte mich gerade wie in meinen Träumen, die ich schon seit vielen Jahren träumte und denen ich das Überleben zu verdanken hatte. Die Träume um die Huskys haben mich in meiner schwierigsten Lebenszeit gerettet. Ich saß auf dem Boden und betrachtete das Wunder vor mir – rund um mich rannten ständig zwei kleine Husky-Welpen umher, während die Hundemama entspannt neben mir lag.

»Toll, Sondre, wie ich es vermutet habe«, lachte ich laut auf, als ein Welpe auf meinen Rücken sprang und mich im Nacken kitzelte.

»Nun habe ich das große Problem, dass ich am liebsten beide Welpen mit nach Hause nehmen würde«, sagte ich glücklich und war damit beschäftigt, den Hunden viele Streicheleinheiten zu geben.

»Das wäre kein Problem, du kannst gerne alle beide haben und es würde ihnen bei dir sicher total gut gehen«, meinte Sondres Freund Kimi und ich grinste die beiden an.

»Mmh, meine Mutter würde mich umbringen, wenn ich jetzt mit einem Welpen heimkomme. Sie würde sicherlich behaupten, nun noch mehr Arbeit zu haben, als zuvor und das muss ich wirklich nicht haben.« Somit war das Thema beendet und ich spielte noch ein Weilchen mit den Welpen, genoss diese Zeit und schwelgte in meinen Gedanken.

Als ich auf die Uhr blickte und eine gute Stunde vorüber war, durchfuhr mich ein kalter Schauer und ich wusste nicht wieso. Ich erhob mich vom Boden, und die Welpen sprangen an meinen Füßen hoch, es war ein kleiner Kampf mich von den kleinen zu befreien. Sondre lehnte an der Türe und war mit Kimi gerade in ein Gespräch vertieft, als er mich bemerkte und sich unterbrach.

»Na fertig gespielt?«, fragte er mich und ich nickte.

»Sondre, wäre es für dich in Ordnung, wenn wir jetzt nach Hause fahren würden, denn keine Ahnung was los ist, aber ich habe ein seltsames Gefühl in mir, wie wenn zu Hause irgendetwas nicht stimmen würde.« Er sah mich besorgt an.

»Natürlich.« Ich bedankte mich noch bei seinem Kumpel Kimi, dass ich mit den Welpen spielen durfte und wir verabschiedeten uns von ihm. Einen kleinen Moment später saßen wir im Auto und alle Farbe musste aus meinem Gesicht gewichen sein, denn Sondre machte sich offenbar große Sorgen um mich.

»Nora, bitte, sag mir doch, was los ist und warum ich die Angst förmlich in deinem Gesicht lesen kann. Hat es denn irgendwas mit Melinas Vater zu tun, seid ihr nicht mehr zusammen und macht er Stress deswegen. Oder hat es was mit deinem Papa zu tun?«, fragte er einfühlsam, aber ernst und strich mir über den Arm. Ich rutschte noch tiefer in den Autositz und seufzte laut. Vereinzelt fanden ein paar Tränen ihren Weg über meine Wangen und ich war gerührt.

»Du bist so lieb, ich danke dir von Herzen. Doch Sondre, um dir das alles genau zu erzählen, würde ich Tage brauchen und dazu bleibt mir jetzt keine Zeit. Ich könnte es dir auch nicht erzählen, habe zu große Angst, dich als Freund zu verlieren und das möchte ich nicht riskieren.« Als diese Worte aus meinem Mund kamen, sah er kurz zu mir rüber, schüttelte den Kopf und lenkte das Auto an den Straßenrand.

»Auch, wenn du schnell nach Hause möchtest, will ich dir unbedingt noch etwas sagen und das hat keine Zeit mehr«, kam es von ihm und er nahm meine Hände in seine. Es tat so gut, seine Wärme zu spüren und doch hatte ich ein mulmiges Gefühl in mir.

»Nora, ich kenne dich schon sehr lange, auch wenn wir jetzt ewig keinen Kontakt mehr hatten. Doch ich weiß, dass irgendetwas nicht stimmt, sonst wärst du mit deiner Mutter nicht von zu Hause – ohne deinen Vater – abgehauen«, erklärte er sanft und legte einen Finger auf meine Lippen, als ich dazu etwas erwidern wollte.

»Niemals wirst du mich als Freund verlieren, ganz egal, was passiert ist, denn ich werde immer an deiner Seite stehen, weil du mir sehr wichtig bist. Du brauchst mir nicht zu erzählen, was zu Hause in Melåa vorgefallen ist, denn ich vermute, dass Filip euch was angetan haben muss, denn sonst wärt ihr jetzt nicht hier.« Ich hörte ihm zu, ohne dass ich es wollte, begann ich bitterlich zu weinen. Sondre drückte meine Hand und flüsterte: »Ich verspreche dir, dass ich immer an deiner Seite sein werde, um dich und deine Tochter zu beschützen. Wenn meine Vermutung stimmt, und ihr deswegen von zu Hause geflüchtet seid, weil er euch etwas angetan hat, werde ich das kein weiteres mal zulassen, das schwöre ich dir.« Einen Augenblick hielten wir inne und ich fühlte mich sicher in seiner Anwesenheit, doch wir mussten uns auf den Weg nach Hause machen. Betend saß ich im Wagen und hoffte, dass es meiner Tochter und meiner Mutter gut ging und dass er nicht erneut zugeschlagen hatte.

Zwanzig Minuten waren seit dem Aufbruch bei Kimi vergangen. Als wir endlich die steile Hauseinfahrt hochfuhren und wir meine Mutter erblickten, die aus dem Fenster schaute, schlug mein Herz so schnell, dass ich befürchtete, dass es mir aus der Brust sprang.

Wir rannten beide zur Haustür und erblickten meine Tante davor, die diese prompt für uns aufriss.

»Kinder, ihr seid ja schon hier. Kommt schnell rein, wir müssen mit euch reden«, sagte sie angespannt, und es war schlimm genug zu spüren, dass sich mein Gefühl abermals nicht getäuscht hatte.

Als Ilsa uns ins Wohnzimmer führte, ich Onkel Emil auf der Couch sitzen sah und meine Mutter mit Melina im Arm auf und ab spazierte, war ich froh und erleichtert zugleich. Sie reichte mir meine Prinzessin, die ich gleich fest an mich drückte und ihr ein Küsschen auf den Kopf gab. Danach setzten wir uns alle auf die Couch.

»Warum seid ihr denn schon wieder heimgekommen?«, fragte mich meine Mum.

»Ja, Mama, ich hatte ein komisches Gefühl in mir, das mich sofort nach Hause trieb«, klärte ich sie auf und schaukelte meine Tochter in den Armen. Meine Mutter blickte zu ihrer Schwester und bat sie somit stumm um Hilfe. Ilsa stand auf und trat zum Fenster, sie tat die Vorhänge etwas zur Seite und blickte genau hindurch, holte tief Luft, drehte sich schließlich wieder, um sich danach auf uns zu konzentrieren.

»Filip, er hat unser Haus gefunden, er war vorhin hier.« Mir entkam ein Schrei, was meine Tochter erschreckte, die prompt lautstark zu protestieren begann.

»Pscht, mein Schatz, alles ist gut.« Zum Glück konnte ich sie gleich wieder beruhigen. Dennoch erhob ich mich und ging mit ihr im Raum auf und ab.

»Er stand vor der Tür und hat angeklopft. Mein Glück war, dass ich vorher eigentlich immer durch den Türspion schaue und darum hatte ich ihm noch nicht geöffnet. Filip dachte sich sicher, es wäre niemand zu Hause, doch er kommt mit großer Wahrscheinlichkeit noch mal zurück.« Nun erhob sich auch mein Onkel und nahm seine Frau in den Arm.

»Ja, Liebling, das mit dem Spion war wirklich gut, und ich bin froh, dass du es immer so machst, denn sonst wüsste ich nicht, wie diese Sache ausgegangen wäre.« Emil gab ihr einen Kuss und hielt sie fest, es kehrte wieder Ruhe ein, doch ich hasste sie, weil sie erdrückend und nicht befreiend wirkte. Wir alle hatten Angst, das spürte ich.

»Auch wenn ich nicht genau weiß, was Filip euch angetan hat und weswegen ihr so eine Angst vor ihm habt, werde ich heute hierbleiben, nur um sicherzugehen und für euch da zu sein, falls es nötig wird«, gab Sondre uns zu verstehen und lächelte mich an.

»Danke schön, das ist echt lieb von dir«, bedankte meine Mutter sich. Meine Tante klatschte in die Hände und äußerte sich laut: »So, nun lassen wir uns von diesem Vollidioten nicht den Abend vermiesen, ich mache uns was Leckeres zu essen und wir versuchen so gut wie möglich, es uns dann auch schmecken zu lassen.« Hedda stand auf, ging zu ihrer Schwester und hängte sich bei ihr unter.

»Das ist wirklich eine gute Idee, gutes Essen mag jeder und ehrlich gesagt, knurrt mein Magen auch schon seit einer längeren Zeit«, sagte sie in die Runde, was die Männer lachen ließ. Sie rieben sich die Bäuche.

»Zum Glück hast du das jetzt gesagt. Wäre es über meine Lippen gekommen, hätte ich sicher einen Seitenhieb von meiner Frau erhalten.« Jetzt war es so weit, dass auch wir Frauen darüber lachen mussten und die Stimmung wieder etwas lockerer wurde.

Bevor wir uns ans Essen machen konnte, war aber erst mal meine Tochter an der Reihe. Diese Zeit, in der ich Melina stillen konnte, genoss ich stets in vollen Zügen. Sie gab uns beiden einen Moment des Aufatmens und Entspannens. Das wünschte ich mir auch für jetzt, daher wollte ich das in Ruhe in unserem eigenen Wohnzimmer machen. Deswegen entschuldigte ich mich kurz bei den Männern, die gerade über Filip und sein mögliches weiteres Vorgehen diskutierten. Sondre nickte mir liebevoll zu und ich ging mit meiner Tochter raus in den Flur, wo sich die hölzerne dunkle Durchgangstüre befand, die in Mutters und meine Wohnräume führte.

In meinem Kopf kreisten die Gedanken und die Erinnerungen an Filips grausame Taten kamen in mir hoch und lähmten mich fast. Allein beim bloßen Gedanken an ihn wurde mir speiübel. Ich blickte auf meine kleine Tochter hinab und wiegte sie vorsichtig in meinen Armen. Sie zu halten, das gab mir Kraft, mich wieder auf das Gute in meinem Leben zu besinnen.

»Er wird uns nicht noch einmal wehtun, meine geliebte Tochter, das schwöre ich auf mein Leben.«

Ich verlies, nachdem ich Melina gestillt hatte das Wohnzimmer, und machte das Licht im Flur an, dann schlendere ich den Gang nach hinten entlang, das zum Badezimmer führte. Dort legte ich sie auf die Wickelkommode, um ihr den Strampler und den neuen Babyschlafsack anzuziehen, den sie von ihrer stolzen Großtante geschenkt bekommen hatte. Als wir in unserer Haushälfte alles eingerichtet hatten, war meiner Mutter die Idee gekommen, die Wickelkommode neben das schöne große Fenster zu stellen, damit ich beim Wickeln viel Licht hatte und auch mal nach draußen in die Natur sehen konnte.

In dem Moment, in dem ich Melina auf die Kommode legte, klopfte es leise an der Durchgangstüre.

»Bin hier hinten im Badezimmer!«, schrie ich und drehte mich um damit ich die Tür im Blick hatte. Sondre guckte vorsichtig durch den Türspalt und lächelt mich an.

»Hallo, stör ich euch beide?«

»Nein überhaupt nicht, du kannst uns gerne beim Anziehen behilflich sein, oder was meinst du, mein Schatz«, sagte ich und kitzelte meine Tochter unterm Kinn, die mit ihren Händen und Füßen strampelte und sich so bemerkbar machte. Sondre trat zu mir an die Wickelkommode und streichelte Melina über die Finger, während diese ihn zuckersüß anlächelte.

»Das ist wohl ihre Antwort«, meinte er grinsend, und ich zog Melinchen die frische Windel an. Danach ließ ich Sondre ans Werk, gab ihm den Strampler und den Schlafsack, den er Melina anziehen musste. Er kämpfte sich tapfer durch und atmete tief aus, als er den Reißverschluss des Schlafsackes zuzog.

»Puh, das ist aber nicht einfach, einem Baby die Klamotten anzuziehen. Eher ein heißer Kampf, die halten ja echt nicht still«, erklärte er sich, und ich kicherte in mich hinein. »Jaja, die lieben Babys, es sieht alles nur so einfach aus und wenn man es dann selbst probiert, stellt sich schnell heraus, dass es gar nicht so leicht ist«, gab ich ihm zu verstehen. Wir hoben beide unseren Blick und sahen uns tief in die Augen, während Sondre Melina festhielt.

»Komm lass uns wieder ins Wohnzimmer gehen«, sagte er und berührte mit seiner freien Hand meinen Arm. Er ging mit meiner Tochter voraus und ich folgte ihm, doch dann blieb ich abrupt stehen, da ich ein Auto die Einfahrt hochfahren hörte. Sondre blieb ebenfalls stehen und reichte mir Melina.

»Bring doch die Kleine mal nach oben in ihr Zimmer, ich bleibe hier unten und halte die Stellung. Falls es Filip ist und er hier klingelt, verhalte dich ganz still. Ich öffne ihm die Türe, stell mich dumm und tu so, als würde ich ihn nicht kennen. Deine Tante hat mir vorhin noch ein Foto von ihm gezeigt, ist zwar auch schon älter, doch damit ich mich wieder ein bisschen an sein Aussehen erinnern kann. Und Nora, du musst dir keine Sorgen machen, er kennt mich bestimmt nicht mehr und darum kann ich gut mit ihm ein Spielchen spielen«, erklärte er mir sanft und gab mir einen Kuss auf die Wange. Ich erstarrte kurz und bekam kaum Luft, aber Sondre riss mich Sekunden später aus der Starre.

»Doch jetzt mach, Liebes, und schau, dass du mit deiner Tochter nach oben kommst.«

Ich folgte seinen Worten und brachte Melina rauf in ihr Bettchen. Zunächst blieb ich bei ihr im Zimmer, doch ich hielt es nicht lange aus und setzte mich daher auf die oberste Treppenstufe, lauschte und wartete ab. Ich erschrak mich so sehr, als es wirklich an der Haustüre klingelte und wenig später Sondres Stimme erklang.

»Guten Abend. Was kann ich für Sie tun?«, hörte ich Sondre sprechen und hielt die Luft an, damit ich nichts verpasste. Ich konnte erkennen, dass es sich um einen männlichen Besucher handelte, aber die Stimme klang so dumpf, dass ich sie nicht zuordnen konnte.

»Es tut mir leid, da kann ich Ihnen nicht weiterhelfen«, erklärte Sondre dem Mann, dann herrschte Stille. Es dauerte etliche Minuten, bis sich etwas tat und das Nächste, was ich wahrnahm, war, dass die Tür wieder ins Schloss fiel. Vorsichtig schlich ich die Treppe hinunter und sah um die Ecke, prüfte, ob ich Sondre irgendwo entdecken konnte, doch er war nirgends zu sehen.

»Sondre. Hallo. Wo bist du?«, flüsterte ich fragend in den Flur hinein, doch es kam nichts von ihm zurück.

Auf Zehenspitzen ging ich in das Zimmer meiner Tochter zurück, um noch mal nach ihr zu sehen. Als ich sie seelenruhig in ihrem Bettchen schlafen sah, verspürte ich eine regelrechte Erleichterung.

Ich blieb noch kurz bei ihr, denn ich hatte schon etwas Bammel davor, ins Erdgeschoss zu gehen, und doch blieb mir nichts anderes übrig. Ich schlich nach unten und stand im Flur, hielt den Atem an und hörte wie genau in diesem Moment der Wagen aus unserer Auffahrt fuhr. Ich stieß die angehaltene Luft aus, lehnte mich erleichtert gegen die Wand neben der Haustür und hörte, dass die hölzerne Durchgangstür knarrend aufging und Sondre eintrat. Ich blickte zu ihm auf und er lächelte mich an.

»Endlich ist dieser Mistkerl verschwunden. Zum Glück hat er mir meine Geschichte vorerst mal abgekauft«, berichtete er mir. Ich lauschte aufgeregt und ließ ihn weitersprechen.

»Du willst sicher wissen, was ich ihm aufgetischt habe und darum komm, setzen wir uns erst mal.« Sondre nahm meine Hand und ich folgte ihm in die Küche. Dort setzte ich mich an den Esstisch, während er Wasser kochte um uns einen Tee zuzubereiten. Liebevoll sah er mich an und kam auf mich zu, nahm neben mir Platz und streichelte mir über die Wange.

»Bevor ich dir alles erzähle, lass uns auf den Schock erst mal ein Schlückchen trinken und durchatmen.« Ich prostete ihm zu und trank einen großen Schluck. Sondre stellte die Tassen kurz darauf auf den Tisch, drehte sich etwas zu mir und legte seine Hand auf meine.

»Als Filip vor der Tür stand und ich ihm öffnete, fragte er sofort nach dir und deiner Mutter«, erklärte er mir. Erschrocken hob ich meinen Blick und sah Sondre in die Augen.

»Bitte, hab keine Angst, Nora. Ich habe ihm einfach erklärt, dass ich euch nicht kennen und hier alleine mit meiner Tante wohnen würde. Er hat wütend vor sich hin gebrummt und als ich Filip nach eurem Nachnamen fragte, blickte er mir entsetzt in die Augen. Erst danach, so glaube ich, hat mir Filip meine Geschichte abgekauft. Er hat sich umgedreht und ist einfach wieder gegangen.« Sondre drückte meine Hand und ich hörte ihm stillschweigend zu und nachdem er, wie ich dachte, mit dem Erzählen fertig war, brannte mir eine Frage auf der Zunge.

»Okay, das hört sich gut an, aber eines verstehe ich nicht. Sondre, warum bist du gleich zu den anderen hinübergelaufen und hast es nicht als erster mir erzählt. Wir hätten es ihnen ja gemeinsam sagen können«, meinte ich und er seufzte.

»Ach Liebes, ich war leider noch nicht ganz damit durch, dir alles zu erzählen«, wisperte er in mein Ohr, und nun war ich es, die seufzte – traurig.

»Ich habe mitbekommen, dass Filip nicht direkt zu seinem Auto marschiert ist, sondern zur anderen Eingangstüre. Deswegen bin ich schnell durch die Verbindung gehuscht und habe ihm dort ebenfalls die

Tür geöffnet. Er hat mich angesehen, als wäre ich ein Geist. Aber ich hab ihm erneut erklärt, dass ich eben mit meiner Tante in dem großen Haus lebe, wir es uns teilen, und dass sie momentan in Urlaub ist und ich daher auch in ihren vier Wänden nach dem Rechten sehe. Filip schrie mich böse an und lief fuchsteufelswild zu seinem Wagen zurück und fuhr davon«, erklärte Sondre und ich konnte nur meinen Kopf schütteln.

»Tut mir leid, dass ich gerade so doof zu dir war und dich nicht habe zu Ende erzählen lassen«, entschuldigte ich mich leise, um mein schlechtes Gewissen ein wenig hinter meiner Stimme zu verstecken.

»Quatsch, das ist doch überhaupt kein Problem, da ich mir ja denken kann, in welcher Lage du dich gerade befindest.« Sondre griff nach seinem Glas und nahm noch einen Schluck vom Brandy, eher er weitersprach.

»Doch mit Sicherheit haben wir etwas an Zeit gewonnen und er benötigt Geduld und ein schlaues Köpfchen, um euch zu finden, denn er roch ziemlich nach Alkohol. Er ist ein Alkoholiker, das ist klar, und kommt mit seinem Leben nicht mehr zurecht.« Nachdem Sondre das über meinen Vater gesagt hatte, sprang ich auf, trottete im Wohnzimmer auf und ab und begann lautstark über Filip zu fluchen.

»Er kommt mit seinem Leben nicht zurecht? Ja klar, das ist er noch nie, und das wird sich bis zu seinem Tod niemals ändern. Aber soll ich dir was sagen? Das ist mir so was von schnuppe!«, schrie ich und wurde immer lauter, je mehr ich über ihn schimpfte. »Er ist ein kranker Psychopath. Hat sich nie gefragt, wie es mir und meiner Mutter bei seinen grausamen Spielchen ergangen ist. Nein, dieses Arschloch hat immer nur an sich und seine *Bedürfnisse* gedacht.« Ich ging zum Tisch, nahm das Glas mit dem Brandy und kippte es auf einmal runter. Es brannte und tat meiner

Gemütslage gut, darum holte ich aus der Bar die Flasche und füllte mein Glas erneut.

»Höchstwahrscheinlich glaubst du, er war damals auch schon ein Mann, der den Alkohol mehr liebte als uns und dass er uns deswegen des Öfteren geschlagen hat. Sondre, wie schön wäre es gewesen, wäre es nur bei Schlägen geblieben.« Nun verwandelte sich meine Wut in Traurigkeit und ich trank erneut einen Schluck. Ich bemerkte dabei gar nicht, dass er nun neben mir stand und seine Arme für mich ausbreitete. Als ich seine Nähe spürte, flatterte trotz all der Trauer und des Zorns mein Herz. Für einen Moment genoss ich es, in seinen Armen zu liegen und seine Stärke zu fühlen, dann besann ich mich jedoch, da ich es endlich hinter mich bringen musste. Er sollte die volle Wahrheit erfahren.

»Ich werde dir jetzt kurz und bündig erläutern, was mein Vater mir angetan hat und danach hätte ich gerne, dass du mich für heute alleine lässt. Ist das für dich in Ordnung und kannst du meiner Bitte nachkommen?«, fragte ich ihn und sah dabei so vieles in seinen Augen: Verzweiflung, Angst, Trauer und Liebe.

»Auch wenn es mir schwerfallen wird, dich in Ruhe zu lassen, werde ich deiner Bitte nachkommen«, stimmte er sanft zu und drückte mich noch einmal fest an sich, ehe er sich von mir löste.

»Ich danke dir für dein Verständnis. Wenn ich jetzt zu erzählen beginne, möchte ich dir nicht in die Augen sehen und deswegen schaue ich einfach aus dem Fenster«, erklärte ich ihm und er nickte mir aufmunternd zu.

»Die schwere und traurige Zeit fing an, als meine Brüder uns verlassen haben, denn ab dann hat Filip den Alkohol für sich entdeckt oder abermals entdeckt, ich weiß es nicht, und die Misshandlungen haben begonnen. Ich musste fortan in seiner Fischerhütte mit anpacken, etwas, was normalerweise meine Geschwister immer gemacht haben und das alles war ihm bald nicht mehr genug«, erklärte ich und machte eine kurze Pause. An der Fensterbank hielt ich mich fest und atmete tief durch.

»Sondre, bitte sei mir nicht böse, dass ich dir mein Leben nicht haargenau erläutere, doch das kann ich nicht. Um es kurz zu machen, mein psychisch kranker Vater hat sich an mir vergriffen, mich sexuell missbraucht, mich vergewaltigt und das nicht nur einmal, und da das noch nicht gereicht hat, wurde ich von ihm schwanger. Ich war keine Schlampe und habe mir nicht von irgendwem ein Kind machen lassen, nein, meine süße Tochter ist von diesem Mistkerl«, sagte ich wütend und seufzte laut auf. Ich konnte mich nicht rühren oder noch etwas dazu sagen, hörte nur, dass Sondre sich erhob und leise zu mir kam.

Sein Atem fühlte sich warm an meinem Hals an, er stand dicht hinter mir, legte seine Hände auf meine Schultern und drückte mich an sich. Ich stand einfach nur da und konnte mich nicht rühren.

»Es tut mir alles so schrecklich leid, ich kann es nicht in Worte fassen, und sicher auch nicht annähernd nachfühlen, wie es dir dabei ergangen ist. Doch ich hoffe, dass du dich mir gegenüber jetzt nicht verschließt und ich will, dass du weißt, dass ich mit dir gemeinsam diesen Weg gehen werde. Nie mehr wirst du mit deiner Tochter alleine sein, dafür seid ihr mir zu wichtig. Ich will auch, dass du verstehst, dass ich immer für dich da sein werde.«

Für einen Moment hielt er mich noch fest und dann gab Sondre mir einen Kuss auf die Wange und löste sich von mir. Ein paar Sekunden darauf hörte ich, wie die Tür zum Wohnzimmer von außen zuging.

Die Tränen kamen und nahmen kein Ende, sie flossen über meine Wangen. Zu wissen, dass ich in Sondre einen Menschen gefunden hatte, der mich so mochte, wie ich war, tat unheimlich gut.

SONDRE

Ich saß sicher schon zehn Minuten in meinem Wagen und mein Kopf lehnte immer noch seitlich an der Fensterscheibe. Mein Herz war in dem Moment gebrochen, als Nora mir von ihrem Leid erzählt hatte, von diesem kranken Mistkerl.

»Wie kann man seinem eigenen Kind so etwas antun? Wie krank muss man sein umso etwas zu tun?«, fluchte ich herum und haute mit der Faust gegen das Lenkrad, mir kamen die Tränen, weil ich es einfach nicht fassen konnte. Jetzt wusste ich, warum sie so schüchtern und mit Abstand gegenüber Männern reagierte, und ich konnte es nachvollziehen.

»Wenn ich diesen widerlichen Kerl nochmal begegne, muss ich mich echt zusammenreißen um ihm nichts anzutun.« Ich wollte für Nora und ihre Tochter da sein, für die beiden sorgen und alles dafür geben, damit es ihnen an nichts fehlte. Nicht mal ansatzweise konnte ich mich in Nora hineinversetzen, doch die Traurigkeit und die Leere in ihren Augen zerbrachen mir das Herz. Wenn es für mich schon schlimm war, diese Geschichte nur zu hören, wie grausam hatte es für Nora sein müssen, sie zu durchleben? Wie grausam war es noch immer für sie?

»Das wird meine nächste Lebensaufgabe, auch wenn es Wochen, Monate oder auch ein Jahr dauern wird, das ist mir komplett egal. Ich werde ihr helfen zu

heilen. Auch werde ich Nora eine Überraschung besorgen, mit der ich sie ein bisschen aufheitern kann.
Die ihr Halt gibt. Ja, das mache ich«, beschloss ich
laut für mich.

Der Brief an Fredrik

NORA

»Ich werde noch verrückt, ich finde den Brief von meinem Bruder einfach nicht mehr«, fluchte ich laut vor mich hin und war dabei so wütend auf mich selbst. In der Aufregung um Filip hatte ich die Suche ganz vergessen, die Tage zuvor war sie leider auch erfolglos geblieben, doch ich musste endlich seine Zeilen wieder lesen, damit auch ich ihm mein Herz öffnen konnte. Nun suchten meine Mutter und ich gemeinsam alle Fotoalben ab, die meine Mum von Melåa mitgebracht hatte. Die Panik, dass ich ihn verloren hatte stieg.

»Vielleicht ist er noch in unserem Haus in Melåa«, meinte ich traurig zu meiner Mutter, die bloß mit den Schultern zuckte.

»Kann sein, mein Schatz, ich weiß es leider auch nicht. Ist der Brief denn in einem Kuvert oder ist es nur ein loser Zettel?«, fragte sie mich, und dann machte es *klick*. Ich lehnte mich etwas nach vor um das kleine Fotoalbum hochzunehmen, das neben meiner Mutter lag, und gab ihr lachend einen Klaps auf den Fuß. Dann blätterte ich auf die letzte Seite des Albums, und da entdeckte man das Foto von mir und meinen Brüdern.

»Juhu, ich habe ihn gefunden!«, jubelte ich, und meine Mutter blickte mich fragend an. Grinsend hob ich das Bild an den Ecken ein bisschen an, und siehe da, der Brief von Fredrik kam zum Vorschein.

»Hast du ihn endlich gefunden?« Ich grinste, als ich daran dachte, wie es dazu gekommen war.

»Na ja, Fredrik hat mir ein paar Abschiedszeilen hinterlassen, als er mit Aksel von zu Hause verschwunden ist, und ich fand es passend, es genau unter diesem Foto zu verstecken«, klärte ich meine Mutter auf, die nun ebenfalls darüber lachen musste.

»Mein Schatz, dann werde ich Melina jetzt an mich nehmen, sie warm anziehen und mit ihr, Tante Ilsa und Onkel Emil an den Pier runtergehen. Denn wenn wir drei Erwachsenen zusammen sind, kann uns nichts passieren und wir können wenigstens kurz mit der süßen Maus hier an die frische Luft«, sagte sie und nahm ihre Enkelin, die am Boden auf ihrer Kuscheldecke lag, hoch und küsste sie auf die Wange.

»Okay, aber bitte versprich mir, dass ihr auf euch aufpasst und bald wieder zurück seid. Bisschen frische Luft ist gut, aber derzeit dürfen wir nichts riskieren«, schilderte ich meine Ängste meiner Mutter und sie stimmte mir nickend zu.

»Machen wir, versprochen. Ich schließe die Tür hinter uns ab, und dann hast du Ruhe und Zeit, um einen Brief an deinen Bruder zu verfassen.« Ich erhob mich und umarmte meine Mum.

»Danke.« Sie lächelte mich an, ich gab meiner Tochter noch einen flüchtigen Kuss und dann verließen die beiden das Wohnzimmer. Seufzend bückte ich mich, um Fredriks Brief aufzuheben, und ging zum großen Fenster hinüber, neben dem auf einer Seite ein großer Vintage-Schreibtisch stand. Ich zog den Ledersessel unter dem Tisch hervor, setzte mich nieder und lehnte mich zurück. Kurz schloss ich die Augen und ging im Kopf durch, was ich Fredrik schreiben wollte. Dann öffnete ich die oberste Schublade und holte mir einen Bogen Briefpapier raus, nahm mir Mutters Füllfederhalter und begann zu schreiben:

Hallo Fredrik!

Wie geht es dir? Ich hoffe, gut. Es tut mir leid, dass ich nichts habe von mir hören lassen. Ich bete dafür, dass der Brief dich erreicht. Weiß ja leider nicht, ob du überhaupt noch in Oslo wohnst. Du hattest mir ja eine Adresse hinterlassen, aber vielleicht bist du inzwischen woanders hingezogen.

Als du und Aksel von zu Hause weggezogen seid, wurde das Leben von Mutter und mir immer trauriger und unerträglicher. Filip hat stark zu trinken begonnen, mich und unsere Mutter fast zu Tode geschlagen und noch vieles mehr. Ich kann das alles gar nicht in Worte fassen. Du fehlst mir so.

Zum Glück haben wir dieses harte Leben hinter uns gelassen und endlich ist Schluss damit. Vor zwei Monaten sind auch wir von zu Hause abgehauen. Ich habe im Dezember meine wunderschöne Tochter Melina zur Welt gebracht und wohne mit ihr und unserer Mutter bei Tante Ilsa und Onkel Emil in Koppangen. Kannst du dich an die beiden noch erinnern?

Ganz liebe Menschen, wir möchten gar nicht mehr von hier weg und werden uns hier mit ihnen alles neu aufbauen. Es ist schön hier und es geht uns inzwischen wirklich gut. Tja, in der letzten Zeit haben wir oft über dich und auch über Aksel gesprochen.

Du wirst natürlich offene Fragen haben, wie: Warum sind wir von zu Hause abgehauen? Wieso ich schon Mutter bin, und vieles mehr. Doch das muss ich dir persönlich erzählen, denn es wäre zu viel es in einem Brief zu schreiben.

Wir alle würden euch gerne wiedersehen. Doch ich, ich vermisse dich so sehr, mehr noch als die anderen. Mein geliebter Bruder, ich brauche dich doch. Ich weiß nicht, was ich noch schreiben soll.

Nun hast du ja meine neue Adresse und weißt, wo du mich finden kannst, wenn du mich suchst. Natürlich nur, sofern du diesen Brief erhältst und liest. Wenn es dir nicht so ergeht und du kein erneutes Aufeinandertreffen wünschst, uns nicht vermisst, so bitte ich dich nur darum, uns wissen zu lassen, dass es euch – dir und Aksel – gut geht.

Ich denke viel an euch.
Alles Liebe, deine kleine Schwester Nora.

Zum dritten Mal las ich mir diese Zeilen durch und wusste genau, dass Fredrik viele Fragen an uns haben würde. Aus der untersten Schublade entnahm ich ein Kuvert, faltete den Brief sauber zusammen und legte ihn hinein. Schließlich klebte ich ihn zu, notierte mit schöner Schrift die Adresse sowie den Absender und dann legte ich ihn zurück auf den Schreibtisch.

»Jetzt muss ich nur noch eine Briefmarke kaufen und ihn zum Postamt bringen, dann heißt es abwarten und hoffen, dass eine Rückantwort kommt«, sprach ich aufgeregt zu mir selbst.

An diesem winterlichen Valentinstag versuchte ich, es mir mit meiner Tochter im Haus gemütlich zu machen, denn an einen Spaziergang war aufgrund der kalten Temperaturen leider nicht zu denken. Auch war ich zu sehr damit beschäftigt, meine Gedanken zu sortieren und nicht zu viel über das Geschehene zu spekulieren. In letzter Zeit schlich sich Sondre vermehrt in meine Gedanken, vielleicht auch in mein Herz. So auch an diesem Morgen. Ich erinnerte mich an den gemeinsamen Ausflug zu den Husky-Welpen und freute mich darüber, wie schön alles mit Sondre und mir angefangen hatte. Er und die niedlichen kleinen Hunde waren einfach unbeschreiblich.

Melina lag im Wohnzimmer auf ihrem Babyteppich und ich spielte lange mit ihr, bis es ihr zu langweilig wurde und sie zu quengeln begann.

»Na, na, meine Prinzessin, wer wird denn jetzt zu schimpfen beginnen«, redete ich ruhig auf sie ein und hob sie an mich. Ich trug sie und ging zum Fenster, um den Vorhang etwas zur Seite zu schieben, denn ich war neugierig und wollte wissen, wie viel Neuschnee wir schon hatten. Denn seit Stunden schneite es bereits, es herrschte ein regelrechtes Wintertreiben.

Viel zu oft ließ ich die Vorhänge in letzter Zeit geschlossen. Ich fühlte mich sonst beobachtet. Wer konnte schon sagen, ob Filip nicht doch das ein oder andere Mal hier auftauchte und uns heimlich ausspionierte. Als ich meine Mutter in der Küche mit irgendjemanden reden hörte, zog ich die Gardine wieder zu und eilte zu ihr. Beim Hereinkommen sagte sie nur noch schnell: »Ich danke dir, bis bald.« Nervös drehte sich meine Mum zu mir um und sah mich an, als hätte ich sie bei etwas Heimlichen erwischt. Sie kam auf uns zu und nahm mir Melina ab. Meine Mutter redete mit ihrer Enkelin und tat so, als wäre ihr Verhalten eben nicht mehr als merkwürdig gewesen. Doch ich kannte ihre Tricks schon in- und auswendig, darum entschloss ich mich dazu, sie zur Rede zu stellen und nachzubohren.

»Mum, mit wem hast du denn gerade telefoniert? Und warum hast du aufgelegt, als du mich in die Küche hast kommen hören?«, fragte ich sie und zum Glück konnte mir meine Mutter nichts vormachen, darum sprach sie auch gleich Klartext mit mir.

»Du kleine neugierige Nase, warum du bloß immer alles wissen musst, tz, es war Sondre«, sagte sie einfach so dahin und machte mich sprachlos. Mein Herz schlug augenblicklich schneller.

»Na, jetzt weißt du nicht mehr, was du sagen sollst, gell?«, tadelte sie mich. »Er wollte wissen, wie es dir und der Kleinen geht. Außerdem erklärte er mir, dass er gerne für euch da sein und euch beschützen möchte. Ein wirklich feiner Kerl, das sage ich dir.« Nun kam eine kleine Freudenträne meine Wange runtergekullert und ich seufzte laut.

»Sondre ist echt süß. Mutter, denkst du, ich kann ihm vertrauen? Er ist doch auch ein Mann und ich habe Angst davor, wieder nur benutzt zu werden. Filip hatte ich als Tochter anfangs auch blind vertraut und mich bitter in ihm getäuscht«, wendete ich mich fragend an meine Mutter, die mir ein schwaches Lächeln schenkte.

»Liebes, ich weiß, dass diese Situation alles andere als einfach für dich sein wird, und dass du Männern nicht so leicht vertrauen kannst, kann ich durchaus verstehen. Doch, Nora, auch Sondre wird deine Lage verstehen und er gibt dir sicher die nötige Zeit dazu, die du brauchst, um zu lernen, ihm zu vertrauen«, meinte sie in ruhigem Tonfall zu mir.

»Ja, so schätze ich Sondre auch ein, doch habe ich Angst, ihn irgendwann zu enttäuschen und seine Erwartungen nicht zu erfüllen.«

»Papperlapapp! Du musst positiv denken, mein Schatz, auch du wirst den Mann deines Lebens finden und mit ihm glücklich werden. Am besten ist es, du rufst Sondre gleich an und fragst ihn, ob er nicht auf einen Plausch vorbeikommen möchte. Er könnte dich auch kurz ins Dorf fahren, damit du den Brief an Fredrik aufgeben kannst. Hm? Ihr könnt ja erst mal gute Freunde werden.« Ich wusste gerade nicht so recht, was ich darauf sagen sollte. Meine Mutter schien es zu verstehen und reichte mir das Telefon. Ich grinste, war innerlich jedoch richtig hibbelig und nervös. Aber ich nahm all meinen Mut zusammen und wählte Sondres Nummer, schon nach dem zweiten Klingeln hob er ab.

»Hallo.« Ich räusperte mich kurz und begann stotternd zu reden.

»Hey Sondre, hier ist Nora«. Es herrschte eine kurze Pause und dann sagte er lächelnd: »Nora, schön, dass du mich anrufst. Wie geht es dir?« Ich hörte ihm an, wie glücklich er darüber war, dass ich ihn anrief.

»Danke, eigentlich recht gut. Ich wollte fragen, ob du, heute eventuell noch vorbeischauen möchtest?« Es dauerte keine Sekunde, bis ich eine Antwort bekam und das ließ mich schmunzeln.

»Oh, sehr gerne doch. Hast du Lust auf einen kurzen Spaziergang mit Melinchen, rüber ins Café Pyrk? Auf eine heiße Schokolade vielleicht?«

»Ja, hört sich gut an, aber was ist, wenn dieser Psycho auftaucht?«, meinte ich ängstlich und Sondre reagierte wieder einmal total fürsorglich und liebevoll.

»Wenn es dir lieber ist, können wir auch gerne zu Hause bleiben. Ich kann sehr gut nachvollziehen, welche Ängste du haben musst. Aber Liebes, du kannst und darfst dich nicht daheim einsperren, und außerdem, wenn ich dabei bin, passiert dir und deiner Tochter nichts, denn ich passe auf euch auf«, gab er mir zu verstehen und mir wurde ganz warm ums Herz.

»Ich danke dir. Wann wirst du in etwa hier sein? Wann sollen wir fertig sein?«, fragte ich nach und Sondre lachte.

»Hm, ich fahre nachher gleich mal los und werde wahrscheinlich in einer halben Stunde bei dir sein, da ich heute frei habe«, antwortete er mir.

»Passt, dann bis gleich.«

»Bis gleich, Nora.« Als wir das Gespräch beendet hatten, begann mein Herz wieder zu rasen, zwischenzeitlich hatte ich das Gefühl gehabt, es hätte ausgesetzt, und ich wusste nicht, was ich anziehen sollte. Ich starrte noch immer auf das Telefon in meiner Hand. Meine Mutter neben mir schüttelte den Kopf und meinte fröhlich: »Du machst dir bestimmt gerade einen Kopf darüber, was du Passendes in deinem Kleiderschrank hast, hm?« Typisch, das war echt so typisch für meine Mum, als könnte sie Gedanken lesen.

»Du hast hundert Punkte. Wir gehen spazieren und anschließend ins Café Pyrk, also nichts Besonderes. Es sollte mir total schnuppe sein, was ich anziehe. Darum wird es eine blaue Jeans und mein dunkelroter warmer Pulli, meine Schneeboots, und fertig. Hier, passt du bitte kurz auf deine Enkelin auf, damit ich mich anziehen kann? Denn Sondre kommt schon in einer halben Stunde und ich will ja nicht, dass er auf mich warten muss«, meinte ich keck und reichte ihr Melina. Als ich mich umdrehte und wegging, gab mir meine Mutter noch einen Klaps auf den Po.

»Mach das, Schätzchen. Beeil dich, bis gleich. Und wir, mein süßer Spatz, spielen zusammen, bis deine Mami fertig ist.«

Nach nicht einmal zehn Minuten sah es in meinem Schlafzimmer aus, als hätte eine Bombe eingeschlagen. All meine Hosen und Winterpullover türmten sich auf dem Boden und Bett, nachdem ich sie aus dem Schrank gerissen hatte. Dabei war doch bereits klar, was ich anziehen wollte. Ich konnte über mich selbst nur den Kopf schütteln.

»Na super, jetzt liegen die ganzen Klamotten hier verstreut herum!«, schimpfte ich mich selbst und kicherte wie ein Teeny. Ich war noch nicht mal gekämmt oder geschminkt, da hörte ich es schon klingeln.

»Mama, bitte mach du auf, ich brauche noch ein paar Minuten!«, rief ich nach unten und hörte sie auch schon mit Sondre quatschen. Er verstand sich nicht nur toll mit meiner Tochter, auch mit meiner Mutter kam er gut zurecht, was echt faszinierend war. Es bedeutete mir so viel. Ich eilte ins Badezimmer, kämmte meine Haare und band sie zu einem Zopf zusammen, legte noch etwas Wimperntusche auf und sprühte mir meinen blumigen Lieblingsduft drauf. Abschließend betrachtete ich kurz mein Spiegelbild und lächelte übers ganze Gesicht.

»So, fertig. Los geht es, du packst das«, sprach ich mir Mut zu.

Als ich nach unten kam und in die Küche trat, saß Sondre vor einem Teller mit Keksen und einem Glas Saft.

»Hallo, du hast dich aber hübsch gemacht. Dieser rote Pulli steht dir besonders gut«, sagte er zur Begrüßung, erhob sich vom Stuhl und drückte mich kurz.

»Hey, danke schön. Ich muss nur noch kurz Melinchen anziehen und dann können wir aufbrechen.« Ich sah, dass er sich umdrehte und auf eine Schachtel blickte, die auf dem Boden stand. Dann meinte er schmunzelnd: »Gleich, zuerst musst du noch dein Geschenk öffnen, denn ich habe dir eine Kleinigkeit mitgebracht.« Verblüfft sah ich ihn an.

»Was für mich? Ich habe doch gar nicht Geburtstag«, erwiderte ich überrascht, doch er deutete nur weiter auf die Schachtel.

»Nein ein kleines Valentinsgeschenk.« Ich ging rüber und war echt neugierig, was sich in diesem großen Paket befand. Dann sah ich an den Seiten einige Luftschlitze und hob den Deckel an, damit ich das Paket öffnen konnte und schon sprang mir mein wunderschönes pelziges Geschenk entgegen. Ich stieß einen Freudenschrei aus und hockte mich auf den Boden, um den Welpen zu begrüßen. Er hüpfte sofort auf mich und legte sich auf meine Beine.

»Na sieh mal einer an, so eine wilde und stürmische Begrüßung von dir«, wuschelte ich dem Hund durch das dichte Fell und blickte dann zu Hedda und Sondre.

»Und was … wieso bekomme ich von dir einen Husky-Welpen geschenkt? Du bist der Wahnsinn, Sondre. Mama, ist das auch okay für dich, du hast doch immer gesagt, dass du keinen Hund im Haus haben willst«, meinte ich perplex und war überaus glücklich, diesen kleinen Welpen zu haben.

»Mmh, das habe ich eigentlich immer gesagt und ich dachte auch, dass ich mich daran halten würde. Doch dann kommt so ein netter und überaus sympathischer Charmeur wie Sondre daher und erklärt mir, dass wir auf alle Fälle einen Hund im Haus bräuchten – zum Schutz und so. Einen, der alles überwacht und uns vor bösen Menschen beschützt«, erklärte mir meine Mutter und lächelte Sondre an. Er hob seine Schultern und setzte einen unschuldigen Blick auf.

»Ihr macht mich gerade zum glücklichsten Menschen, vielen Dank euch beiden, diese Überraschung ist wirklich gelungen.« Lächelnd erhob ich mich vom Boden und ging als Erstes zu meiner Mutter, um sie zu umarmen und zu küssen, und dann ging ich zu Sondre. Ich blieb vor ihm stehen und sah ihm tief in die Augen, wusste jedoch nicht so recht, wie ich mich verhalten sollte. Ich war so unendlich nervös.

Natürlich konnte er sich vorstellen, wie es in meinem Inneren aussah und wie ich mich fühlte, deswegen übernahm er den nächsten Schritt und zog mich langsam in seine Arme. Seine starken Arme um mich zu fühlen und seinen holzigen Duft zu riechen, gaben mir Halt und ich genoss es, in diesem Augenblick.

»Danke schön«, wiederholte ich leise. Er drückte mich noch mal und ging dann ein bisschen zurück, um mich besser ansehen zu können.

»Gerne doch. Habe letztens sofort gesehen, dass ihr zwei euch ineinander verliebt habt und darum ist es auch dieser Welpe geworden«, erwiderte er und wir sahen zu meiner Mum, die gerade beide Hände voll damit zu tun hatte, Melina zu halten, gleichzeitig den Hund zu streicheln und zu begrüßen. Ich ging zu ihr, um ihr meine Tochter wieder abzunehmen, damit auch sie den süßen Wuschel knuddeln konnte. Hedda setzte sich auf den Boden und blickte zu mir hoch.

»Nora, wie soll dein Hund denn heißen? Und bitte ja nichts Kitschiges, okay?«, meinte sie noch grinsend und wartete auf meine Antwort. Ich musste gar nicht lange überlegen, denn als ich ihn schon das erste Mal gesehen hatte, hatte ich gewusst, welcher Name am besten zu ihm passen würde.

»Happy«, entgegnete ich glücklich.

Wenig später waren wir warm eingepackt und machten uns auf den Weg. Happy hatten wir zu Hause bei meiner Mutter gelassen, die sich total darüber gefreut hatte, weil genau wie ich hatte sie sich in den kleinen Spatz verliebt. Und da Happy noch zu klein war und wir ins Café gingen, wäre es sowieso unpassend gewesen. Sondre schob den Kinderwagen und ich hängte mich bei ihm unter und wir schlenderten gemütlich am Meer entlang. Hier am Wasser wehte ein kühler Wind und es war kaum erträglich.

»Besser wird es wohl sein, wenn wir gleich ins Dorf rein spazieren!« schrie Sondre gegen den Windstrom und ich strich mir meine langen Haare aus dem Gesicht und nickte ihm zu. Es war schön mit ihm herumzugehen und über alles reden zu können. Ich erzählte Sondre die Geschichte über meine Brüder und natürlich musste ich ihm auch von meinem Vorhaben erzählen.

»Ich habe Fredrik einen Brief geschrieben, da ich ihn gerne wiedersehen möchte und den muss ich nachher noch am Postamt aufgeben.« Er wendete seinen Kopf um mich ansehen zu können und lächelte, die Reaktion von ihm war sehr schön.

»Das ist eine gute Idee und ich würde sagen, bevor wir uns in das Café setzen und quatschen, geben wir den Brief gleich noch auf.« Er bot mir wie immer seine Hilfe an und wollte mich in allem, was ich fortan tat, unterstützen. Somit war es toll, dass ich die Möglichkeit hatte, endlich den Brief per Expressversand an meinen Bruder aufzugeben. Das gab mir sehr viel Halt und ich fühlte mich in seiner Nähe einfach total wohl.

Nachdem wir eine halbe Stunde später das Postamt verließen, hielt er am Gehsteig an und überlegte etwas.

»Warum bleibst du stehen?«, fragte ich neugierig und er grinste.

»Ahm, was hältst du davon, wenn wir kurz in das Tiergeschäft rüber spazieren, ein Hundekörbchen und Futter besorgen, für Happy?« Ich nickte eifrig.

»Oh, ja unbedingt!« Schnellen Schrittes marschierten wir rüber zum Geschäft. Als wir die Tür öffneten und eintraten, erklang ein klingeln und sofort stand eine Verkäuferin vor uns, und fragte wie sie uns helfen könnte. Doch Sondre wimmelte sie freundlich ab und erklärte ihr, wir fänden uns alleine zurecht. Wir gingen in die Hundeabteilung und als ich die ganzen Körbchen stehen sah, hatte ich ein großes Problem.

»Na toll, die haben ja so viel Auswahl und wie bitteschön, soll ich mich hier bloß entscheiden können«, wendete ich mich an Sondre, der sich vor Lachen kaum halten konnte.

»Orange und Pink passen auf keinen Fall zu Happy. Grün, hm auch nicht so wirklich, aber das dunkelblaue hier passt perfekt, das nehmen wir.« Er packte das Körbchen und legte es auf Melinas Kinderwagen hinten drauf. Dann holten wir noch das Futter und zwei Futternäpfe dazu, und eine Hundeleine durfte natürlich auch nicht fehlen.

Als wir gefühlte Stunden später endlich das Café Pyrk betraten war ich doch echt froh drum, denn meine Füße schmerzten schon etwas. Wir bestellten uns eine heiße Schokolade und ich nahm meine Tochter aus dem Kinderwagen. Ich setzte mich auf die Lederbank und Sondre schob den Tisch etwas zurück, damit ich mit der Kleinen mehr Platz hatte.

»Hoffentlich meldet sich dein Bruder bald und auch ich würde mich freuen ihn kennenzulernen. Komm gib mir die süße Maus mal, dann kannst du in Ruhe deinen Kakao trinken«, sagte er freudig.

»Oh, danke das ist lieb.« Ich hob ihm meine Tochter entgegen und als er die Kleine an sich nahm, und sich unsere Finger kurz berührten machte mein Herz einen Sprung. Sondre sah mich liebevoll an und ich glaubte, dass auch er dieses Gefühl in sich spürte. Es wurde immer schöner wenn er in unserer Nähe war.

Als er mich und meine Tochter ein paar Stunden später zurück nach Hause brachte und wir vor der Haustür standen, sahen wir uns lange stillschweigend an. Sondre trat einen Schritt auf mich zu und nahm mich in seine Arme. Als seine Lippen meine Wangen berührten, war es einfach unbeschreiblich schön und in dem Moment wollte ich nicht, dass es jemals endete.

»Es war ein wunderschöner Tag mit euch. Bald können wir gemeinsam mit unseren Hunden spazieren gehen, denn Rusky freut sich immer darauf, den Kleineren etwas beizubringen oder sich als die Chefin aufzuführen«, sagte er zum Abschied und gab mir noch einen Kuss auf die Stirn.

SONDRE

Heute war ich der glücklichste Mann auf Erden, da ich Nora mit dem Welpen eine große Freude machen konnte und sie aus ganzem Herzen lachte. Und das ich nicht nur Nora, sondern auch ihrer Mutter Hedda damit eine Freude bereiten konnte, war überaus toll. Ich konnte mich nicht daran erinnern, jemals so happy gewesen zu sein, und ich freute mich jetzt schon wieder darauf, Nora bald wieder zu sehen. Auf dem Nachhauseweg schlugen meine Gedanken Purzelbäume. Denn ich musste viel über ihre Brüder nachdenken, aber auch an den unterhaltsamen Zwischenstopp im Café und an diesem magischen romantischen Moment vorhin als ich sie Heim gebrachte habe. Die Nervosität, die ich verspürte, war enorm. Doch ich wusste, dass ich ihr die Zeit geben musste. Irgendwann wird sie mir vertrauen, und dann kommt der nächste Schritt von ganz alleine.

Zu Hause angekommen, schnappte ich mir die Hundeleine um mit Rusky noch rasch an die frische Luft raus zu gehen. Für mich hoffte ich, endlich wieder einen klaren Kopf bekommen zu können, um nicht ununterbrochen an Nora zu denken.

Nein, da das immer noch nicht reichte und ich einfach nicht abschalten konnte, nahm ich die Gedanken an Nora sogar mit ins Bett, und träumte in der Nacht von ihr.

NORA

Heute saß ich mit Melinchen in meinem Bett und schweifte so in meinen Gedanken ab, dass meine Tochter nicht mehr an meiner Brust nuckelte, sondern mich lächelnd ansah.

»Ja, mein Schätzchen, dass findest du auch ganz toll, wenn Sondre da ist, dich herumträgt und verwöhnt«, sagte ich liebevoll und Melina quietsche fröhlich. Einen kleinen Moment genoss ich die Zeit noch im Bett, doch dann standen wir auf und ich schlenderte mit meiner Tochter in das Badezimmer und legte ihr eine frische Windel an.

Als wir nach unten gingen, wurde Happy wach, der brav in seinem Körbchen schlief und begrüßte uns stürmisch.

»Guten morgen mein Wuschel.« Wir waren allein zuhause, da Mutter früh am Morgen schon das Haus verlassen hatte, um ihren Morgensport auszuüben, deswegen legte ich Melina in ihr Kinderbett und ging schnell in das Badezimmer, um mich frisch zu machen. Kurz bevor ich den Kamm weglegte, klingelte es an der Tür. Happy begann zu bellen und lief sofort zum Eingang. Es war merkwürdig, dass es so früh schellte. Wer würde um diese Zeit schon zu Besuch kommen? Ich merkte, wie ich mich innerlich anspannte.

Bevor ich zur Haustür ging, warf ich noch mal einen Blick ins Wohnzimmer, wo meine Tochter in ihrem Bettchen lag. Sie quietsche fröhlich vor sich hin. Danach schlich ich leise in den Flur und guckte durch den Spion. Als ich sah, wer auf der anderen Seite stand, rutschte mir fast das Herz in die Hose. Ich drehte den Schlüssel im Schloss um und öffnete ihm rasch.

»Fredrik!«, rief ich. Er lächelte mich überaus glücklich an und zog mich sofort in seine Arme. Es kam mir vor wie eine Stunde, dass wir so Arm in Arm standen, und dann machte er einen kleinen Schritt zurück. Happy sprang an ihm hoch und wollte ebenfalls begrüßt werden.

»Nora, wie hübsch du geworden bist«, sagte mein Bruder und küsste mich auf die Wange. Ich merkte, dass ich rot wurde und es mich freute, diese Worte von meinem Bruder zu hören.

»Und du auch, mein Kleiner, du bist ja wirklich noch winzig, aber kannst schon ziemlich laut bellen.« Er streichelte Happy und sah mich dann wieder an.

»Komm doch rein in die warme Stube und lass uns die Kälte aussperren.« Er folgte mir ins Hausinnere und ich brachte ihn in die Küche, dort wo ich gleich Licht anmachte, dann entschuldigte ich mich kurz und holte meine Tochter aus dem Wohnzimmer.

Fredrik saß am Esstisch und sah mich verdattert an, ich wusste, dass heute der Tag der Erklärungen war.

»Brüderchen, darf ich vorstellen, das ist meine süße Tochter Melina«, sagte ich und setzte mich neben ihn. Er sah von mir zu meiner Tochter und dann wieder zu mir.

»Sie ist genauso schön wie du«, war alles, was er zu mir sagte. Dann nahm er mir Melinchen aus dem Arm. Fredrik quatschte mit ihr in Babysprache und ich setzte in der Zeit Kaffee auf. Als ich wieder an den Tisch trat und den beiden zusah, blickte er mich an.

»Nora, ich weiß gar nicht, was ich sagen soll, es tut mir so leid, dass ich nie für dich da gewesen bin. Wer ist denn der Vater der kleinen Maus, einer aus Melåa und kenne ich den sogar vielleicht?«, fragte er mich und ich musste schlucken. Auch wenn ich dem Thema ausweichen und es ihm nicht erzählen wollte, blieb mir nichts anderes übrig. Er hatte die Wahrheit verdient. Ich nahm ihm Melina ab und legte sie zurück in ihr Schaukelbett, damit ich in Ruhe mit meinem Bruder über alles sprechen konnte. Happy legte sich vor das Bettchen, wie sie es sich in den letzten Tagen angewöhnt hatte, und passte auf mein Baby auf. Nach einem letzten Blick auf meine Tochter eilte ich in die Küche zurück.

»Ja, du kennst Melinas Vater – aber es ist kein Schulkollege oder Freund von mir aus Melåa – nein, leider ist es viel schlimmer und kaum zu glauben«, sagte ich schluchzend und machte rasch eine kurze Pause, um mich wieder zu fangen. Ich nahm einen Schluck meines Kaffees und atmete ein paarmal tief durch.

»Der Vater von Melina ist Filip.« Fredrik fiel die Tasse aus der Hand und zu Boden, erschrocken schielte er mich an.

»Was? Unser Vater? Wie denn das bitte?« Er war entsetzt darüber, stand auf und ging zur Spüle, um einen Lappen zu holen. Fredrik wischte den verschütteten Kaffee auf und setzte sich danach wieder zu mir an den Tisch.

»Es tut mir leid, dir das sagen zu müssen, doch dieser kranke Arsch hat mich monatelang geschlagen, misshandelt und vergewaltigt.« Ich stützte mein Gesicht in meine Hände und begann nun doch bitterlich zu weinen. Mein Bruder legte den Arm um mich, zog mich an sich und weinte leise mit.

»Das alles ist so schrecklich, es tut mir so unendlich leid, Nora. Hätte ich gewusst, was dir alles widerfahren würde, als wir von zu Hause verschwunden sind, wäre ich für immer geblieben.« Diese Worte zu hören und zu wissen, dass Fredrik mir Glauben schenkte und nichts von dem Geschehenen infrage stellte, tat gut.

»Das konntest du ja nicht wissen, doch jetzt lass uns über dich reden, über Oslo und deine Arbeit. Wie geht es Dir?« Doch bevor wir das Gespräch fortführen konnten, begann Melina ein klein wenig zu quengeln. Darum nahmen wir unsere Kaffeetassen – ich hatte Fredrik inzwischen eine neue gereicht – und gingen in unser schönes Wohnzimmer, wo ich die Stehlampe anmachte, die neben der Couch stand um den Raum zu erhellen. Denn in den Wintermonaten, hatten wir noch nicht so viel Tageslicht, darum stehen verschiedenste Lampen im Haus verteilt herum. Ich stellte meine Tasse auf den Tisch und ging zum Bettchen, um meine Tochter rauszunehmen.

»Ich lege Melinchen auf ihre Kuscheldecke auf den Boden und setze mich zu ihr, du kannst es dir gerne auf der Couch bequem machen.«

»Nein, ich setz mich auch zu euch, das passt schon, denn ich will auch nebenbei ein bisschen mit der süßen Maus spielen«, erklärte er mir und es war ein schönes Gefühl, meinen Bruder bei mir zu haben.

»Also, um zu mir und meiner Arbeit in Oslo zurückzukommen. Hm … wie soll ich es sagen, ich habe etwa acht Monate in der Fischölfabrik gearbeitet, doch dann suchte ich mir etwas Passenderes für mich. Die Arbeit in der Fabrik erfüllte mich nicht, zudem gab es ein großes Problem mit unserem Bruder Aksel«. Es wunderte mich nicht, dass er das sagte, weil ich wusste, wie Aksel sein konnte, und doch wollte ich mehr dazu erfahren.

»Warum? Was war mit ihm oder warum war er ein Problem?« Fredrik schüttelte den Kopf und schnaubte ärgerlich.

»Weil er immer über mich bestimmen wollte, über die Arbeit, über die Frauen und was das Schlimmste war, über mein verdientes Geld«, klärte er mich auf und schilderte dann genauer. »Na ja, unser Bruder hat ein großes Alkoholproblem, das hat er wohl von unserem Vater, und deswegen brauchte er immer Geld. Tja, und war sein Monatslohn weg, vergriff er sich an meinem und das wollte ich irgendwann nicht mehr akzeptieren, darum habe ich mir eine andere Arbeit gesucht. Eigentlich wollte ich auch meine eigene Wohnung, doch Aksel war so stinksauer auf mich, dass er, nachdem ich eine neue Arbeitsstelle gefunden hatte, sowieso ausgezogen ist. Was im Endeffekt jetzt auch gut ist, sonst hätte mein Bruder deinen Brief erhalten und nicht ich, und da wüsste ich nicht, ob er mir jemals darüber Bescheid gegeben hätte«, sprach er offen und ehrlich mit mir und ich hörte ihm genau zu.

»Das tut mir leid, ich hoffe, dir geht es seither besser und deine neue Arbeit gefällt dir. Was machst du jetzt genau? Und hast du noch Kontakt mit Aksel?« Es gab so vieles, was ich wissen wollte und da ich nicht wusste, wie lange er hier bei uns bleiben würde, hatte ich das Verlangen, ihn sofort über alles auszuquetschen.

»Ich arbeite jetzt auch für eine Fischölfabrik, aber nicht mehr in der Produktion, sondern im Büro und das gefällt mir total gut. Da muss ich Angebote schreiben, Aufträge verteilen und viel herumtelefonieren. Ich finde diese Aufgaben interessant, sie sind echt abwechslungsreich. Aksel und ich haben schon noch Kontakt, aber mittlerweile sehen wir uns nur noch selten, da ich mit ihm, wenn er getrunken hat, was leider andauernd der Fall ist, nichts zu tun haben möchte.« Kurz wendete ich mich meiner Tochter zu, um das, was Fredrik mir gerade erzählt hatte, etwas zu verarbeiten. Aber ich hatte schon die nächste Frage auf Lager und plapperte gleich wieder drauflos.

»Hui, da trinkt er ja wirklich viel, wenn er so oft betrunken ist. Das erinnert mich leider wirklich an Filip, hoffentlich bringt er sein Leben bald wieder unter Kontrolle. Doch Fredrik, hast du ihm gesagt, wo du hinfährst und was du vorhast? Weiß Aksel, dass du hier bei uns bist?« Er nahm sich seine Tasse vom Tisch und trank den mittlerweile sicher kalten Kaffee aus.

»Ich habe ihm gesagt, dass ich zu euch fahre, um euch zu besuchen. Aber Aksel weiß nicht, dass ihr hier bei Tante Ilsa in Koppangen wohnt und ehrlich gesagt, es hat ihn auch nicht interessiert. So leid es mir tut, doch er hat sich noch immer nicht geändert und gibt dir weiterhin die Schuld an dem Desaster. Obwohl er des Öfteren in seinem Alkoholrausch von dir gesprochen und sich gefragt hat, wie es dir wohl gehen würde«, fügte mein Bruder noch hinzu, und das freute mich schon ein bisschen. Denn das ließ mich in dem Glauben, dass ich Aksel vielleicht doch nicht ganz so egal war.

»Du brauchst dich für unseren Bruder nicht zu entschuldigen, denn du kannst am allerwenigsten dafür. Außerdem hat er dich immer in das ganze Tamtam mit hineingezogen«, äußerte ich mich dazu, als ich jemanden an der Haustüre hörte und Happy losstürmte, um nachzusehen, wer das wohl sein könnte.

»Oh … ich glaube, unsere Mutter kommt jetzt von ihrem Morgenlauf nach Hause. Die wird aus allen Wolken fallen, wenn sie dich hier sieht, und sicher vor Freude einen hysterischen Anfall bekommen«, warnte ich ihn noch vor und dann hörten wir meine Mum auch schon rufen: »Schatz, ich bin wieder zu Hause!«

Fredrik und ich erhoben uns und standen Händchen haltend im Raum, dann antwortete ich meiner Mutter: »Wir sind hier im Wohnzimmer, bitte komm doch gleich zu uns, wir haben nämlich Besuch!« Ich hörte, wie meine Mum mit sicher selber sprach und sich ihre Schuhe auszog und fast rennend ins Wohnzimmer kam. Doch als sie uns dort stehen sah, hielt sie abrupt inne. Vor Überraschung schlug sie die Hände vor den Mund.

»Ja, Mama, du siehst richtig, dein Sohn ist da und es wäre schön, wenn deine Stimme wieder zu dir finden würde«, meinte ich grinsend und wollte somit die Stimmung etwas auflockern. Der Blick meiner Mutter hellte sich schlagartig auf, sie rannte zu Fredrik und riss ihn in ihre Arme. Und das so stürmisch, dass er dabei meine Hand loslassen musste.

»Mein Sohn, mein geliebter Sohn, ich habe dich so vermisst und es macht mich überaus glücklich, dich endlich wieder fest in meinem Armen halten zu können.« Beide weinten und standen minutenlang in inniger Umarmung da. In dieser Zeit nahm ich Melina vom Boden und wiegte sie zärtlich in meinen Armen.

Der Vor- und Nachmittag mit meiner Familie war in einer Hinsicht sehr schön, unterhaltsam und doch auch begleitete uns ein sonderbares Gefühl, da wir alles was in Melåa passierte erneut erzählen mussten. Am Abend kamen dann auch noch Tante Ilsa, Onkel Emil und Sondre hinzu. Als Sondre mir zur Begrüßung einen Kuss auf die Wange drückte, zwinkerte mir mein Bruder zu, was mich etwas verlegen machte. Ich spürte direkt, wie mein Gesicht rot wurde und doch war es ein schönes, ein warmes Gefühl. So musste sich Glück anfühlen.

Der Abend dauerte bis in die Nacht hinein, so viel Spaß hatten wir zusammen. Fredrik beschloss, noch ein paar Tage bei uns zu bleiben.

Es gab so viel aufzuholen.

Ein unerwarteter Besuch

Inzwischen war Fredrik seit zwei Tagen bei uns, und jeden Tag aufs Neue war ich dankbar, ihn endlich wieder um mich zu haben. Wir genossen die gemeinsame Zeit sehr und verbrachten jede Minute, nein jede freie Sekunde miteinander.

»Na, Schwesterherz, seid ihr zwei Hübschen bald mal fertig, damit wir aufbrechen und den Spaziergang zum Meer antreten können? Sonst müssen wir am Nachmittag gehen, denn in eineinhalb Stunden muss ich zurück sein, um für euch das Mittagessen vorzubereiten«, sagte er und stand in der Türe, da ich gerade im Badezimmer war, um meine Haare zu einem Knoten zu binden.

»Jaja, nur nicht stressen, bin gleich fertig und dann können wir starten«, entgegnete ich grinsend in den Spiegel und er zog eine Grimasse.

»Passt, dann zieh ich Melina schon mal ihren Winteranzug an und wickle sie in eine dicke Decke, dann hast du damit keine Arbeit mehr.« Und weg war er. Fredrik war total in meine kleine Maus verliebt und er verwöhnte sie, wie es ihm nur möglich war. Gestern waren wir shoppen gegangen und er hatte ihr eine neue Jacke, Spielsachen sowie einen Beißring gekauft, da er meinte, dass sie bald die ersten Zähnchen bekommen würde. Sogar ein wippendes Babystühlchen hatte er für seine kleine Prinzessin, wie er Melina nannte, erworben. Er war aufmerksam und ein guter Zuhörer – auch in Bezug auf mich – und wollte jede Kleinigkeit über Sondre erfahren. Ich erzählte ihm, dass Sondre ein liebenswerter und hilfsbereiter Mensch war, und dass er mich und meine Tochter, wo es nur ginge auf Händen trug. Natürlich flüsterte ich meinem Bruder auch leise zu, dass wir uns gestern Abend geküsst hätten. Er schenkte mir ein liebevolles Lächeln.

»Das hört sich wunderbar an und ich freue mich sehr für dich Schwesterherz.«

Wenig später zogen wir uns warm an, legten Happy die Leine an und wollten soeben aufbrechen, als ein unerwarteter Besucher vor der Haustür stand.

»Hallo, ihr zwei, ich komme euch besuchen und ihr wollt jetzt einfach abhauen«, war seine Begrüßung. Ich stand wie angewurzelt da und wusste nicht, ob ich mich über seinen Besuch freuen oder ärgern sollte. Wahrscheinlich wäre es für alle besser gewesen, er hätte sich nie hier blicken lassen. Happy knurrte ihn regelrecht an, etwas, was ganz und gar nicht zu ihrem sonst so liebevollen Verhalten passte, doch es war offensichtlich, dass sie ihn nicht für gut hielt. Hunde hatten ein Gespür dafür.

»Aksel, hallo, das ist aber schön, dass du uns ebenfalls besuchen kommst«, begrüßte ich meinen älteren Bruder und versuchte, ihm ein freundliches Lächeln zu schenken. Er kam einen Schritt auf mich zu und nahm mich in seine Arme, um mich an sich drücken zu können.

»Hey, Schwesterherz, ja, finde es auch schön und es ist ja nun echt schon ewig her, dass wir uns das letzte Mal gesehen haben«, sagte er, aber es kam mir so vor, als schwang ein merkwürdiger Unterton dabei mit und auch kannte ich es nicht von ihm, dass er mich umarmte. Schnell löste ich mich von Aksel und ging etwas zurück.

»Komm doch rein. Fredrik, wir können unseren Spaziergang später auch noch machen, oder?«, fragte ich und er musste mein angespanntes Gefühl bemerkt haben, denn er reagierte total gut auf die Situation.

»Natürlich doch. Geht ihr schon mal in die Küche und bereitet den Kaffee zu, dann zieh ich der Kleinen rasch die Wintersachen aus und wir kommen danach gleich zu euch.« Ich nickte ihm zu und führte Aksel in die Küche.

»Ist Mutter denn nicht zu Hause, ich würde sie so gerne sehen«, meinte mein Bruder und grinste übers ganze Gesicht.

»Nein, sie ist noch einkaufen, doch ich glaube, in der nächsten halben Stunde wird sie wieder zurück sein. Magst du einen Kaffee?«, fragte ich ihn und hoffte nur, dass er mich nicht um Alkohol bat, denn ich roch, wie sehr er danach stank.

»Ja bitte, das wäre nett.« In dem Moment kam auch Fredrik mit meiner Tochter herein und setzte sich zum Glück an das andere Ende des Tisches. Die Stimmung war komisch und ich wollte einfach nur noch, dass Aksel wieder verschwand und unsere Familie in Frieden ließ. Für mich gehörte er nicht mehr dazu. Rasch brachte ich die Kaffeetassen an den Tisch und setzte mich zwischen Aksel und Fredrik, sodass eine Wand aufgebaut wurde und er nicht nach meiner Tochter greifen konnte.

»Wer ist denn diese hübsche Maus?«, fragte er Fredrik und ich blickte ihn kühl an.

»Meine Tochter.« Mehr wollte ich ihm nicht sagen.

»Mmh … deine Tochter, davon hat mir unser Vater gar nichts erzählt«, antwortete er darauf und ich merkte, dass ich gerade schlimme Kopfschmerzen bekam und konnte nichts erwidern, deswegen übernahm Fredrik das für mich.

»Wieso unser Vater? Wie kommst du denn jetzt auf ihn?« Neugierig warteten wir auf Aksels Antwort und ich sah ihm an, dass er etwas aufgebrachter wirkte, als er es eben noch gewesen war. Er drückte seine Finger so fest zu einer Faust zusammen, dass ich Angst bekam, er würde damit jemanden von uns schlagen.

»Brüderchen, willst du mich jetzt verarschen? Du sagst mir nur, dass du unsere Familie besuchen willst, aber kein Sterbenswörtchen darüber, wohin du genau fährst. Tja, und als ich ebenfalls beschlossen habe, euch zu besuchen, bin ich natürlich nach *Hause* gefahren. Doch dort fand ich nur unseren Vater betrunken vor, der mir berichtete, dass meine Mutter und meine Schwester von zu Hause abgehauen sind. Vater nahm an, dass ihr bei Tante ... Tante ... keine Ahnung, wie sie noch mal heißt, seid, er hat mir die Adresse gegeben, hier bin ich«, klärte er uns auf. Nachdem Aksel uns das berichtete, drehte sich in meinem Kopf alles und mir wurde etwas schwindelig, in dem Moment war ich echt froh darum, am Tisch zu sitzen. Jedes Mal, wenn nur von ihm gesprochen wurde, lief mir ein kalter Schauer über den Rücken und die Angst kam zurück.

»Warum habt ihr unsere Familie auseinandergerissen, seid hergezogen und habt Papa ganz alleine gelassen?«, richtete Aksel sich abermals an mich. Nun überkam mich eine regelrechte Wut, die ich nicht zurückhalten konnte.

»Mein geliebter Bruder«, spottete ich. »Wir haben nicht die Familie auseinandergerissen, sondern du, als du Fredrik geschnappt hast und mit ihm damals von zu Hause weggegangen bist, in die große, tolle Stadt. Und warum? Möchtest du wirklich wissen, warum wir jetzt hier sind? Die komplette Wahrheit?«, fragte ich ihn zornig. Aksel kannte mich so nicht, sah mich überrascht an und bekam nur ein Nicken zustande.

»Unser Vater – für mich ist er das schon lange nicht mehr – hat unsere Mutter verprügelt, oft so schlimm, dass sie ins Krankenhaus musste. Da ihm das noch nicht genug war, hat er sich auch an mir vergriffen, mich misshandelt und vergewaltigt, und was ist dabei rausgekommen? Ich wurde schwanger. Von meinem eigenen Vater. Na, fragst du dich jetzt noch immer, warum wir von zu Hause abgehauen sind!«, warf ich ihm wütend an den Kopf und Aksel sprang auf.

»Das unser Vater nicht immer der einfühlsamste und netteste Mensch war, klar, das habe ich selber miterlebt. Aber das was ich eben gehört habe, können alles nur Lügen sein, unser Vater hätte so etwas nie getan und ich will jetzt nichts mehr davon hören!«, brüllte er mich an und eilte zur Tür hinaus. Es herrschte für einen Augenblick Stille, bis Melina lautstark zu weinen begann. Ich nahm sie aus Fredriks Armen, drückte sie an mich und schaukelte sie hin und her.

»Pscht, mein Liebling, alles ist gut«, flüsterte ich in ihr Ohr und begann leise zu singen – das tat ich öfter mal, um meine Kleine zu beruhigen.

»Nora, es tut mir so leid, so furchtbar leid. Aksel ist ein Vollidiot – genau wie unser Vater. Er wird sich nie ändern. Keiner der beiden«, entschuldigte sich Fredrik für das Verhalten unseres älteren Bruders.

»Für Aksels Auftreten musst du dich doch nicht entschuldigen. Er ist alt genug, und wie du gesagt hast, er kann oder will sich gar nicht ändern. Doch lass uns einfach vergessen, dass er da war und uns lieber darüber freuen, dass wir beide uns wiedergefunden haben«, sagte ich und hörte, wie sich jemand hinter uns räusperte.

»Mama, du bist schon hier?«, fragte ich, als ich mich zu ihr umgedreht hatte, und hoffte, dass sie unser Gespräch nicht mit angehört hatte, denn ich wollte ihr Aksels Besuch nicht unter die Nase reiben.

»Ja, bin ich und ich würde gerne wissen, über wen ihr gerade gesprochen habt? Wer war denn da?« Mama war genauso neugierig wie ich, und sie hatte auch immer das perfekte Timing.

»Aksel war hier, und er hat mal wieder nicht gewusst, wie er sich benehmen soll. Habe ihm erzählt, was Vater sich alles geleistet hat, er wollte davon nichts hören und hat mir auch nicht geglaubt. Aksel ist aufgestanden und davongerannt, wie er es immer schon gut konnte, wenn er etwas nicht hören oder sehen wollte«, berichtete ich meiner Mutter, die ungläubig den Kopf schüttelte. Tränen traten ihr in die Augen.

»Er war hier, okay. Fredrik, wusste er von dir Bescheid, wo wir wohnen?« Er schüttelte den Kopf.

»Nein, er war bei Filip zu Hause und der hatte seinen Verdacht geäußert, dass ihr beide hier bei Tante Ilsa seid und darum ist Aksel hier aufgetaucht.« Mutter nickte und drehte uns den Rücken zu. Melina war in meinen Armen eingeschlafen und ich legte sie in ihre neue Wippe die neben dem Esstisch am Boden stand und deckte sie zu. Kurz darauf hatte sich unsere Mutter etwas beruhigt und wendete sich uns wieder zu.

»Ich muss euch beiden recht geben, Aksel wird sich nie in seinem Leben ändern und das will er auch gar nicht. Zum Glück seid ihr nach mir geraten, würde ich mal sagen. Aksel ist leider wie sein Vater. Das war er als Kind schon«, meinte sie und öffnete den Schrank, um verschiedene Teesorten rauszunehmen. Sie stellte diese auf den Tisch und jeder suchte sich einen Beutel aus.

»Mama, er ist wirklich wie Filip, denn er trinkt genauso viel, und auch eben hat er erbärmlich nach Alkohol gestunken.« Sie zuckte mit den Schultern und wollte nichts mehr darauf erwidern, deswegen ergriff Fredrik das Wort und wechselte das Thema. Ich war ihm dankbar dafür.

»Ähm, ihr Lieben, wenn der Tee fertig ist, schnappt ihr eure Tassen und macht es euch im Wohnzimmer oder wo auch immer gemütlich. Dann koche ich uns etwas Leckeres und danach machen wir gemeinsam einen schönen langen Spaziergang an den Pier runter. Na, was haltet ihr davon?« Grinsend sah er uns an und nun hob sich auch meine Laune wieder etwas.

»Das hört sich fantastisch an.« Auch unsere Mutter lächelte und stimmte nickend zu. Ich ging ins Wohnzimmer, nahm mir eine Decke und machte es mir mit einem Buch auf der Couch gemütlich. Jetzt wollte ich den restlichen Tag einfach noch mit meinem Bruder und meiner Familie genießen.

Meine Mutter war am Abend bei Tante Ilsa und Onkel Emil zum Essen eingeladen, da wollte sie ihnen sofort erzählen, dass Fredrik hier war und dass sich Aksel hatte blicken lassen. Vor einigen Minuten hatte ich Melina nach oben in ihr Bettchen gebracht. An guten Tagen schlief sie inzwischen fast bis sieben Uhr morgens durch.

Als ich wieder nach unten kam, klingelte es an der Tür. Ich öffnete rasch und bevor Sondre mit seinem Six-pack Bier eintreten konnte, huschte Rusky zwischen uns vorbei, doch als sie Happy im anderen Raum entdeckte, bremste sie abrupt ab und drehte sich zu ihrem Herrchen um und wartete auf ihn. Wir mussten uns prächtig darüber amüsieren. Aber nicht mal fünf Minuten dauerte es an, und unsere Hunde wurden beste Freunde.

Heute Abend wollten sich Sondre und mein Bruder bei einem Spieleabend besser kennenlernen. Es war echt cool, dass sich die zwei auf Anhieb mochten und ihnen der Gesprächsstoff nie ausging. Der Abend konnte einfach nur lustig werden.

»Ich hasse *Mensch ärgere Dich nicht*, denn ich verliere immer und dann muss ich mich so darüber ärgern!«, jammerte Fredrik und Sondre lachte.

»Tja, da ergeht es uns beiden ja ziemlich ähnlich, denn ich kann auch nicht verlieren.«, meinte er dazu und wir mussten lachen. Wir breiteten das Spiel an dem großen Esstisch aus und leider blieb uns diese ausgelassene Stimmung nicht lange erhalten, denn es klingelte an der Tür. Da wir niemanden erwarteten, schrak ich ein wenig zusammen und sah zu meinem Bruder. Fredrik erhob sich vom Stuhl.

»Bleib du hier bei Sondre, ich öffne die Tür. Wenn es Aksel ist, lasse ich ihn nicht herein, okay?«, fragte er mich vorsichtshalber noch mal und ich hob die Schultern an.

»Hm, wenn er nicht betrunken ist, kann er schon reinkommen, denn vielleicht ist es gut, wenn Sondre unseren anderen Bruder auch kennenlernt, damit er weiß, von wem wir immer sprechen.«

»Stimmt«, war alles, was Fredrik sagte, bevor er sich auf den Weg zur Haustür machte. Ich hörte zwei Stimmen und wusste, dass es sich um Aksel handelte. Wieder begann Happy zu knurren und auch Rusky bellte ganz leise, wo Sondre sofort seine Hand hob und streng sagte:

»Aus. Platz!« Auf der Stelle wurde es ruhig und ich hoffte nur, dass Aksel nicht voll war und alles gut ging. Fredrik kam mit Aksel im Schlepptau zurück ins Esszimmer, und Sondre und ich erhoben uns von den Stühlen.

»Hallo, ich bin Sondre.« Die beiden schüttelten sich gegenseitig die Hand.

»Hey, ich bin Aksel, Noras ältester Bruder. Oje, ich störe gerade bei eurem Spieleabend, ich glaube, es ist besser, wenn ich morgen noch mal vorbeikomme, sofern es euch passt. Dann haben wir auch mehr Zeit, um miteinander zu reden«, sagte er an mich gewandt und ich lächelte ihn schwach an.

»Du kannst gerne hierbleiben und mit uns spielen, und morgen kommst du vorbei, damit wir über alles reden können«, meinte ich zurückhaltend und wollte irgendwie, dass er nicht blieb.

»Danke für das Angebot, aber ich habe es nicht so mit *Mensch ärgere Dich nicht*. Ich komme morgen zu dir, passt es dir am Vormittag?«, fragte er nett und wirkte wie ausgewechselt im Vergleich zu seinem letzten Auftauchen.

»Ja, passt gut, bin sowieso daheim.« Er nickte den Männern zu und verabschiedete sich von ihnen, anschließend brachte ich Aksel noch zur Tür.

»Freu mich auf morgen. Tschüss.« Er lächelte mich an und ich schenkte ihm ein verhaltenes Lächeln zurück.

»Ich mich auch, bis morgen.« Rasch schloss ich die Tür hinter ihm und lehnte mich kurz dagegen, um einmal tief durchzuatmen. Dann ging ich zurück zu den anderen, die sich gerade über Aksel unterhielten. Sondre streckte die Arme nach mir aus und ich legte mich hinein. Seine Wärme zu spüren, tat gut und ich fühlte mich abrupt besser und geborgen. Er war mein Halt, mein sicherer Hafen, das wurde mir in letzter Zeit mehr und mehr bewusst.

»Geht es dir gut?« Liebevoll sorgte er sich und ich war froh, ihn bei mir zu haben.

»Na ja, ich weiß nicht, wie ich es sagen soll, aber ich fühle mich in Aksels Gegenwart unwohl und doch freut es mich auf eine verquere Art und Weise auch, dass er morgen noch mal mit mir sprechen möchte«, erklärte ich den beiden und löste mich aus Sondres Umarmung.

»Das kann ich verstehen, Schwesterchen, denn auch mir erging es schon oft so und ich weiß einfach nicht, warum das so ist. Wahrscheinlich weil er unberechenbar ist, erst recht dann, wenn er getrunken hat.« Wir drei setzten uns auf die Couch und Sondre rückte dicht an mich heran.

»Fredrik, ich möchte dich gerne darum bitten, dass du Nora nicht mit Aksel alleine lässt. Bleibe bitte immer in ihrer Nähe, wenn ich nicht da bin«, bat er meinen Bruder, der ihm zunickte.

»Und es wäre auch gut, wenn ihr Melina zu Ilsa rüberbringt, bevor Aksel kommt. Oder wenn die Oma mit der Kleinen hochgeht? Keine Ahnung, haltet mich für verrückt, dass ich mir solche Sorgen mache, aber ich habe ein merkwürdiges Gefühl, was euren Bruder angeht«, schilderte er uns seine Gedanken und ich konnte es total nachvollziehen.

»Das hört sich gut an und so werden wir das machen. Ich verspreche dir, Sondre, unserer Nora wird nichts passieren, denn ich gebe auf sie acht und lasse sie nicht aus den Augen. Gell, Liebes?« Ich lächelte ihn an und bedankte mich bei beiden. Unser Spieleabend war mit Aksels Auftauchen beendet gewesen, denn niemand hatte noch Lust darauf. Wir tranken unser Bier und sprachen über unsere Kindheit und erklärten Sondre, wie es bei uns früher so gelaufen ist. Auf einmal stand meine Mutter im Raum und sah uns fragend an.

»Was ist denn bei euch los? Ihr seht aus wie sieben Tage Regenwetter.« Ich wollte nicht mehr darüber reden, darum erklärte Fredrik unserer Mutter, was soeben bei uns los gewesen war.

»Ich werde morgen bei dem Gespräch auch mit dabei sein.«

»Danke, Mama.« Eine halbe Stunde später, verabschiedete Sondre sich von meiner Familie und mir und ich brachte ihn zur Tür.

»War schön, dass du heute hier warst – und danke für alles.« Ich nahm seine Hände und lächelte ihn an, dann zog ich ihn ein bisschen näher und gab ihm einen Kuss auf die Wange. Er lehnte sich ein bisschen zurück und strahlte mich an.

»Du brauchst dich für nichts zu bedanken, denn ich mache das alles von Herzen gerne, und bitte melde dich morgen kurz bei mir, wenn Aksel euer Haus verlassen hat«, sagte er mit flehender Stimme.

»Klar, das mach ich. Gute Nacht und komm gut nach Hause.«

»Gute Nacht.« Er strich mir über die Wange, und dann sah ich ihm nach, wie er zu seinem Wagen ging, einstieg und wegfuhr.

Dieser Abend war nicht so verlaufen, wie ich mir das gewünscht hatte, doch der Kuss entschädigte vieles.

SONDRE

»Wie können Geschwister nur so unterschiedlich sein?«, fragte ich mich laut, als ich gerade die Hauptstraße entlangfuhr und die zweite Ausfahrt nahm. Ich kam vor meiner Wohnung an, hielt den Wagen in der Einfahrt, sprang hinaus und rannte zur Garage, um sie zu öffnen.

»Brr, so kalt.« Als ich das Auto hineinfuhr und die Garage abschloss, war ich froh, dass ich endlich zu Hause war. Dieser Aksel wollte mir einfach nicht aus dem Kopf gehen. Tausende Dinge spukten in meinen Gedanken herum, und ich verstand einfach nicht, warum er ebenfalls hier in Koppangen aufgetaucht war. Auf keinen Fall um Nora in die Arme zu schließen, um sich darüber zu freuen, sie endlich wieder zu sehen.

Denn noch nie hatte er eine gute oder enge Bindung zu seiner Schwester, und das würde sich meines Erachtens auch nicht mehr ändern.

»Mit dem stimmt irgendetwas nicht und ich weiß leider noch immer nicht, was es ist, aber da komme ich auch noch dahinter. Fredrik ist so liebevoll, hilfsbereit und lustig, und Aksel ist das komplette Gegenteil. Er ist eingebildet, von sich selbst überzeugt und hat nichts Nettes an sich«, redete ich mit mir selbst.

Nachdem ich mit einer Flasche Bier auf der Couch Platz nahm, musste ich an unsere Verabschiedung von vorhin denken. Nora hatte mich an sich gezogen und gab mir von sich aus einen sanften Kuss, und dieses Gefühl das dieser Schritt von ihr kam, war wunderschön. Immer noch hatte ich Noras blumigen Duft in meiner Nase, und ich spürte ihre Lippen noch auf meinen. Nur der Gedanke an sie lässt mein Herz höherschlagen. Ob man sich so fühlt, wenn man verliebt ist?

Das Leben spielt verrückt

NORA

In dieser Nacht machte ich kaum ein Auge zu, denn meine Gedanken schweiften immer wieder zu Aksel zurück. Warum kam er uns überhaupt besuchen? Was hatte das alles für einen Sinn? Er war noch nie der Familienmensch gewesen und wichtig waren wir ihm auch nicht. Was sollte das also alles? Und warum hatte ich so ein seltsames Gefühl? So vieles schwirrte mir durch den Kopf und ich freute mich in diesen frühen Morgenstunden nur darauf, die Tür hinter Aksel wieder schließen zu können, sobald er fort war. Auch Melina hatte nicht sonderlich gut geschlafen, denn sie wurde diese Nacht zweimal wach. Deswegen hatte ich sie irgendwann zu mir ins Bett geholt und gekuschelt, um uns beide innerlich zu beruhigen. Meine Tochter gab mir ebenso wie Sondre viel Liebe und Kraft, und ich war glücklich darüber, so tolle Menschen in meinem Leben zu haben. Auf diese sollte ich mich konzentrieren, nicht auf die andren.

Als Melinchen an diesem Morgen erneut wach wurde, legte ich ihr eine frische Windel an und ging mit ihr nach unten, damit ich ihr das Fläschchen zubereiten konnte. Leider hatte ich seit ein paar Tagen fast keine Milch mehr, sodass ich meine Tochter nicht mehr an mich legen konnte, um sie zu stillen. Doch es war nicht allzu schlimm, zum Glück hatte ich sie wenigstens ein paar Monate stillen können. Jetzt war eben der Zeitpunkt gekommen, da wir uns beide daran gewöhnen mussten, dass es in Zukunft Fläschchen und irgendwann Brei geben würde.

Fredrik behielt recht damit, als er beim Einkaufen meinte, wir würden unbedingt so eine Wippe für Melina brauchen, und siehe da, es war wirklich so. Denn diese wunderschöne hellgraue Wippe mit ihren zartrosa Blumen darauf stand in der Küche neben dem Esstisch und ich musste meine Tochter nicht mehr die ganze Zeit in das Schaukelbett legen, nein ich setzte sie in diese Wippe und konnte in Ruhe das Fläschchen machen.

»Da hatte dein Onkel aber eine gute Idee, dir so etwas Tolles zu kaufen«, sprach ich zu meiner kleinen Maus, die mich mit ihrem süßen Lächeln ansah und vor sich hin quietschte. Die Welt könnte so schön sein und am liebsten würde ich heute ganz kurz in das Leben von Melinchen schlüpfen, da ich schon Bammel vor Aksels Besuch hatte. Aber jetzt erst frühstückte ich mit meiner Tochter und dann würde ich sie zu Tante Ilsa bringen, der ich gestern Abend noch kurz über unsere Lage Bescheid gegeben hatte. Sie freute sich schon darauf, ganz alleine auf die Kleine aufzupassen.

Als die Flasche fertig war, stellte ich die Wippe auf den Tisch und fütterte Melina. Einen Augenblick später kam meine Mutter hereinspaziert.

»Morgen, ihr zwei Süßen«, begrüßte sie uns, gab mir einen Kuss auf die Stirn und ihrem Enkelkind einen auf die Wange.

»Guten Morgen, Mutter. Hast du gut geschlafen?«, fragte ich sie und bemerkte zugleich ihre dunklen Augenringe.

»Anscheinend genauso gut wie du, denn du siehst auch so fantastisch aus wie ich«, kam es sarkastisch zurück. Nun mussten wir beide grinsen.

»Toll, danke aber auch, das hört eine Frau gerne, wenn sie nicht gut aussieht«, sagte ich theatralisch und kicherte laut. Mutter setzte frischen Kaffee auf und ich konzentrierte mich wieder auf meine Tochter, die nur noch zum Spaß an ihrer Flasche herumnuckelte, aber nichts mehr schluckte.

»Na, heute hast du aber nicht brav ausgetrunken, komm Prinzessin, ein bisschen was geht aber schon noch«, plapperte ich liebevoll mit meiner Kleinen, die mit der Zunge den Nuckel rausdrückte und mich anlächelte.

»Okay, dann eben nicht.« Ich stellte die Flasche beiseite, nahm Melina aus ihrer Wippe und legte sie an meine Schulter, damit sie ihr Bäuerchen machen konnte und genau zur selben Zeit hörte man oben die Gästezimmertür zufallen, und ein paar Sekunden später kam auch schon Fredrik zur Tür herein.

»Wunderschönen, guten Morgen, ihr drei Hübschen,« begrüßte er uns und nahm mir sofort Melina aus der Hand.

»Das kann der Onkel auch machen, gell?« Ich schmunzelte und nickte, meinte dann aber noch: »Ja, wenn der Onkel das sagt, dann kann er dich nachher auch gleich noch wickeln und dir deinen pinken Body anziehen. Somit kann ich in Ruhe meinen Kaffee trinken, bevor ich die Kleine dann rüber zur Tante Ilsa bringe.« Nun sah mich Fredrik mit großen Augen an und ich konnte mich nicht mehr halten vor Lachen.

»Du hilfst mir aber schon dabei, denn so ein Profi in Sachen Baby bin ich dann auch wieder nicht.«

»Sicher doch. Dann komm, lass uns das jetzt noch erledigen und dann trinken wir drei gemeinsam unseren Kaffee«, sagte ich zu meinem Bruder und meiner Mutter.

Wir waren alle gut drauf trotz der schlaflosen Nacht, leider ging dieser unbeschwerte Moment mit meiner

Familie zu schnell vorbei. Als ich von Tante Ilsa kam und mich an den Tisch zu meiner Mutter setzte, klingelte es auch schon an der Tür. Happy rannte wie immer in den Vorraum und auch dieses Mal hörte sie lange nicht auf zu bellen.

»Bleib du mit Mutter hier im Esszimmer, ich gehe und mache Aksel auf und bring ihn dann herein«, gab Fredrik von sich. Ich nickte und sah meine Mutter an, die noch angespannter war als Fredrik und ich, da sie ihren Sohn ja lange Zeit nicht mehr gesehen hatte. »Mum, alles wird gut. Warten wir einfach mal ab, was er zu sagen hat und wie er sich heute uns gegenüber verhält«, versuchte ich, sie zu beruhigen. Sie lächelte schwach und drückte noch kurz meine Hand.

Dann hörte ich Fredrik noch mit Happy schimpfen und schon war sie still und hörte mit dem Bellen auf. Kurz darauf betraten meine beiden Brüder den Raum.

»Guten Morgen«, sagte Aksel und sah sofort zu unserer Mutter. Er lächelte sie an, stellte seine Tüte zu Boden und kam auf sie zu.

»Mama.« Er streckte seine Hände nach ihr aus, um sie in eine Umarmung nehmen zu können, sie stand auf und erwiderte es.

»Mein Sohn, du bist zurück. Ich habe dich so vermisst und bin unendlich glücklich, euch alle drei nun wieder beisammen zu sehen«, weinte sie in seinen Armen und konnte sich nur schwer beruhigen.

»Pst, Mama, alles ist gut, ich bin nun auch hier und unsere Familie ist wieder komplett. Fast jedenfalls«, fügte er noch leise hinzu und meine Mutter löste sich langsam von Aksel.

»Die wichtigen Personen haben wieder zueinandergefunden, doch mein Sohn, eines werde ich dir gleich noch sagen, dein Vater, Filip, wird nie mehr ein Teil davon sein«, klärte sie ihn auf und er erwiderte nichts, doch man merkte an seiner Körperhaltung, dass er sich etwas anspannte.

»Kommt, setzen wir uns doch. Aksel, magst du auch einen Kaffee mit uns trinken«, fragte ich ihn und dann lächelte er erneut.

»Sehr gerne, ich habe uns sogar Kuchen mitgebracht, von der Bäckerei in Koppangen.« Er hob das Säckchen vom Boden hoch, und ich fühlte mich prompt ein bisschen wohler. Es war eine nette Geste von ihm.

»O lecker, wir lieben Süßes.«

»Na, wenigstens das hat sich nicht geändert die ganzen Jahre über«, erläuterte er lachend, reichte mir den Beutel mit dem Kuchen und setzte sich neben unsere Mutter. Anfangs war es ziemlich ruhig und als ich den Teller mit dem Kuchen auf den Tisch stellte, begann meine Mutter zu reden.

»Wie geht es dir? Wie gefällt dir denn deine Arbeit in Oslo?«, fragte sie Aksel und er zuckte mit den Schultern.

»Hm, die Arbeit ist okay, aber sehr anstrengend. Da hat Fredrik richtig gehandelt, als er sich etwas anderes gesucht hat, und ja, ich war sicher schuld daran, dass er von dort weggegangen ist«, antwortete Aksel und sah Fredrik an, der seinen Blick aber zu Boden gesenkt hatte.

»Ihr werdet euch sicher fragen, warum ich das sage. Ich habe ein Problem, ein Problem mit Geld und mit Alkohol, anscheinend bin ich da nicht anders als unser kranker Vater. Doch Fredrik, ich verspreche dir, mich zu ändern. Ich will wieder ein Teil dieser Familie sein und dazugehören. Möchte mit der Kleinen spielen und euch öfter mal besuchen kommen«, sagte Aksel und wirkte dabei niedergeschlagen. Nun sah Fredrik auch wieder auf und blickte seinen Bruder ernst an, dann sagte er: »So etwas hast du noch nie gesagt, und es hört sich schön an, das von dir zu hören. Ich hoffe, du meinst es ernst.«

»Das finde ich auch, denn wir möchten alle, dass wir wieder eine Familie werden. Doch bevor Melina ihren zweiten Onkel besser kennenlernen kann, musst du dein Alkoholproblem in den Griff bekommen. Bitte, nimm mir das nicht böse, doch das ist mir zu gefährlich für meine Tochter«, äußerte ich meine Meinung dazu und hatte ein klein wenig Bammel davor, wie Aksel das nun aufnehmen würde.

Er sah mich eindringlich an.

»Nora, das kann ich voll und ganz verstehen, und sobald ich zurück in Oslo bin, werde ich eine Therapie machen und zu den Anonymen Alkoholikern gehen. Beim nächsten Besuch bin ich clean und niemand braucht mehr Angst vor mir zu haben. Das schwöre ich.« Ich konnte kaum glauben, was ich da hörte und lächelte meinen älteren Bruder an, weil ich überaus glücklich über diese Wendung war.

»Danke, dass du das verstehen kannst und ich freue mich jetzt schon, wenn du uns wieder besuchen kommst und Melina auch.« Nun wollte aber auch Mutter etwas dazu sagen.

»Wir sind eine Familie, ihr seid meine drei Kinder und ich liebe euch. Aksel, ich finde es super, dass du so offen über dein Problem gesprochen hast und dass du etwas daran ändern möchtest. Ich will, dass du weißt, wir sind alle füreinander da und wir können es schaffen, eine glückliche Familie zu werden.«

Der Vormittag war schön, meine Brüder erzählten viel über Oslo und über das Arbeitsleben in einer Fischölfabrik. Ich berichtete ihnen über meine süße Tochter und dass Mutter und ich uns hier in Koppangen wohlfühlten. Ebenfalls erzählten wir Aksel, welch schwierige und traurige Zeit wir hinter uns hatten. Dass das Leben mit Filip alles andere als schön, geschweige denn einfach gewesen war und dass wir erleichtert darüber waren, dass es endgültig vorbei war. Aksel sagte darauf nie etwas, sondern hörte nur genau zu und wirkte niedergeschlagen.

Bevor er aufbrach, erzählte er uns, dass er in einem Hotel übernachten würde, dann tauschten wir noch unsere Telefonnummern aus, und er versprach uns, sich noch zu melden, bevor er wieder zurück nach Oslo fuhr. Für mich und meine Familie, war dieser Vormittag eine Bereicherung, und wir waren froh, dass Aksel seine Lebenseinstellung ändern wollte. Natürlich musste ich sofort Sondre anrufen und ihm davon berichten. Ebenfalls war es ein schönes Gefühl, dass er sich genauso für uns freute. Wir verabredeten uns für den späten Nachmittag bei mir zu Hause, die Vorfreude darauf, ihn wiederzusehen, war sehr groß.

NORA

Als ich Sondre die Tür öffnete, empfang mich ein buntes Blumenmeer und ich war einfach überwältigt.

»Wow!«, rief ich begeistert und dann blickte Sondre durch die Blumen hindurch.

»Hallo, hübsche Frau, gefallen sie dir?«, fragte er mich und ich strahlte ihn an.

»Was ist denn das für eine Frage? So prachtvolle Blumen hat mir noch nie jemand geschenkt, vielen Dank.« Sondre legte die Blumen zur Seite und ich schlang meine Arme um ihm und zog ihn an mich. Er lächelte mich an und gab mir einen langsamen Kuss, bevor er sich wieder von mir löste.

»Süße, leider muss ich dir sagen, dass ich auch einen Strauß für deine Mutter mitgebracht habe. Ich hoffe, dass du nicht allzu enttäuscht darüber bist?«, fragte er gespielt übertrieben, und diese höfliche Art war das, was ich so an ihm mochte.

»Ja total«, gab ich kurz zurück und begann laut zu lachen. Wir gingen in das Haus. Ich hörte Sondre durch die Gegend schnuppern, und sah ihn belustigt an. Dann erkannte ich ein Strahlen auf seinem Gesicht.

»Deine Mutter hat Kuchen gebacken, stimmt es?«, fragte er mich und schüttelte den Kopf.

»Nicht ganz, aber was Süßes gibt es schon, da hast du recht.«

»Sie ist einfach die Beste, genau wie du«, sagte er und meine Mum sah durch den Türspalt aus der Küche.

»Das habe ich gehört, danke schön, das freut mich sehr. Aber jetzt kommt, ihr zwei Turteltauben, der Apfelstrudel und die Vanillesoße werden sonst kalt.« Was anderes brauchte sie gar nicht zu sagen, schwupp, und wir waren auch schon im Esszimmer. Sondre überreichte auch meiner Mutter den kleinen Strauß und wir legten die Blumen derweilen auf die Kommode.

»Danke sie sind sehr schön. Kommt lasst uns Essen und dann suche ich die passenden Vasen für die Blumensträuße.« Sondre begrüßte Fredrik und auch Melina, die erfreut quiekte, als sie ihn sah. Er setzte sich an den Tisch, drehte das wippende Babystühlchen zu sich herum und spielte mit meiner Tochter.

Es war ein schönes Gefühl, die beiden zu beobachten und zu sehen, dass der Mann, den ich täglich ein bisschen mehr mochte und für den ich starke Gefühle entwickelte, sich gut mit meinem Kind verstand. Oft dachte ich daran, wie es sein würde, mit ihm eine ernsthafte Beziehung zu führen. Doch ich wollte nichts übereilen und mir mit ihm Zeit lassen.

»Es macht mich happy.« Als Sondre das Wort *happy* erwähnte, wedelte Happy zur Tür herein und hüpfte so gut es möglich war, an seinem Bein hoch und winselte.

»Tja, sie möchte jetzt wohl ihre Streicheleinheiten von dir bekommen, wenn du schon ihren Namen erwähnst«, meinte meine Mutter Hedda und Sondre tat das natürlich sehr gerne.

»Dann sag ich einfach, es macht mich glücklich, wenn ihr es auch seid.« Sondre sagte das zwar, doch ich hörte irgendwie einen zweifelnden Unterton heraus. Später musste ich ihn fragen, ob ich mir das nur einbildete oder ob er irgendwelche Befürchtungen hatte. Doch nun aßen wir unseren Apfelstrudel und genossen das Zusammensein. Wir quatschten über alles Mögliche, lachten über Sondres Witze und auf einmal schrie meine Mutter: »Happy, aus. Sofort!« Wir drehten uns alle um, um zu sehen, was passiert war. Happy hatte es irgendwie geschafft, die Blumen von der Kommode zu zerren und zerfetzte nun jede einzelne Blüte.

»Ach nein, Happy, die schönen Blumen, du Frechdachs. Komm, jetzt gehst du aber sofort in dein Körbchen!«, schimpfte ich meine Hündin und Happy winselte traurig, als ich sie in ihren Korb legte. Als sie gleich darauf wieder raushüpfen wollte, ermahnte ich sie mit lauter Stimme und erhobener Hand. Schwupp, und Happy ging wieder zurück und drehte uns beleidigt den Rücken zu.

»Sondre, es tut mir leid. Aber wer hätte denn ahnen können, das Happy auf so eine dumme Idee kommt«, entschuldige ich mich und er musste darüber lachen.

»Papperlapapp, das ist doch nicht schlimm und außerdem ist die Kleine auch noch ein Welpe, die kommen halt des Öfteren auf komische Sachen. Oder sie ist beleidigt, weil ich ihre Freundin heute nicht mitgebracht habe. So haben wir wenigstens etwas zu lachen«, meinte er belustigt und dann musste jeder von uns am Tisch lachen, auch Melina quietschte fröhlich mit. Wenig später stand meine Mutter auf.

»Ich werde Melina jetzt baden, ihr danach ihren Schlafanzug anziehen und ihr die Flasche geben. Ihr drei Hübschen könnt euch noch einen schönen Abend machen«, plapperte sie dahin und auch Fredrik stand auf.

»Wenn es euch nichts ausmacht, würde ich euch auch verlassen und zu Bett gehen, denn irgendwie bin ich total müde.« Ich wusste genau, was meine Familie im Schilde führte, sie wollten das Sondre und ich in trauter Zweisamkeit sein konnten. Das fand ich süß.

»Nein, wir sind nicht müde. Danke, Mama. Und gute Nacht, Bruderherz.« Einen Moment warteten wir noch und dann standen Sondre und ich auf und gingen ins Wohnzimmer, um es uns auf der Couch gemütlich zu machen. Er nahm mich in den Arm und ich kuschelte mich an ihn.

»Es ist schön, dass du hier bist. Ich muss dir wirklich mal sagen, ich fühle mich in deiner Gegenwart pudelwohl.« Sondre drehte meinen Kopf zu sich und nahm mein Gesicht in seine Hände, dann sah er mich voller Liebe an und küsste mich zärtlich. Dieser Kuss war sanft und leidenschaftlich zugleich und er schmeckte so süß, am liebsten wäre es mir, dieser Augenblick würde nie enden.

Viel zu schnell lösten sich unsere Lippen. Wir redeten über Melina und über meine Hündin und dass ich unbedingt mit ihr in eine Hundeschule gehen musste. Nachdem eine kurze Stille herrschte, kam mir diese eine Frage wieder in den Sinn, die ich Sondre unbedingt noch stellen wollte.

»Ähm ... Sondre, darf ich dich etwas fragen?« Er blickte mir tief in die Augen und nickte.

»Du kannst mich fragen, was du möchtest, nur raus damit.« Tief durchatmend überlegte ich, wie ich das jetzt am besten sagen sollte.

»Hm … ähm … ja, als du vorhin sagtest, dass du glücklich bist, wenn wir es auch sind, hörte es sich so an, als würde dich dennoch irgendetwas beschäftigen. Hast du irgendwelche Zweifel an Aksel und seiner Geschichte, oder täuscht mich mein Gefühl?« Sondre setzte sich auf und nahm meine Hände in seine. Dann schenkte er mir sein wunderschönes Lächeln.

»Also, du kennst mich wirklich schon gut, das ist schön und freut mich. Ich will ehrlich zu dir sein und muss dir dein Gefühl, das du hattest, leider bestätigen. Natürlich hoffe ich, dass Aksel das alles ernst meint, was er zu euch gesagt hat. Leider habe ich das Gefühl, dass er doch sehr an seinem Vater hängt und euch die ganze Geschichte nicht so ganz abkauft. Mein Herz wäre beruhigter, wenn er bald wieder nach Oslo gehen würde und sich nicht allzu oft hier blicken ließe. Fredrik habe ich in mein Herz geschlossen und ich finde ihn total nett und sympathisch, doch Aksel ist ein ganz anderer Typ und ich vertraue ihm nicht«, erklärte er mir seine Befürchtungen und ich konnte ihn durchaus verstehen, auch wenn ich es nicht so sehen wollte.

»Mmh … ich weiß zwar, was du meinst und irgendwie kann ich dich auch verstehen. Er wird nicht mehr lange hier in Koppangen sein, da er bald wieder nach Oslo zurückgeht. Aber Sondre, wir werden ihn vorher wahrscheinlich noch mal treffen. Damit du beruhigt sein kannst, wir werden aufpassen und ihm nicht sofort das Vertrauen schenken. Nein, das muss er sich erst verdienen«, gab ich ihm zu verstehen und er nickte.

»Danke, das finde ich gut und natürlich hoffe ich, dass er sich ändert und ihr bald eine glückliche Familie sein könnt. Ich bin aber immer für dich da und wenn irgendwas ist, ruf mich bitte an, ich komme sofort zu dir.«

»Danke schön.« Ein paar Minuten genossen wir noch unsere Zweisamkeit, bis er sich verabschiedete und mir versprach, sich morgen nach der Arbeit zu melden. Wird aber spät abends werden, da er mit einem Versicherungsklienten eine Konferenzsitzung hatte, die sicherlich länger dauern würde.

SONDRE

Einerseits war ich erleichtert darüber, dass ich Nora meine Gefühle über Aksel habe offenbaren können, doch anderseits erkannte ich, wie traurig sie darüber war. Wenigstens konnte ich beruhigt sein, dass Nora auch ein klein wenig Bedenken gegenüber Aksel hatte – das fand ich gut. Ich saß inzwischen zu Hause auf meinem kleinen Sofa und sah auf die Uhr. Es war schon halb neun abends, jedoch noch keine Zeit, um ins Bett zu gehen.

»Rusty, komm, wir gehen Gassi!«, rief ich meiner Hündin zu, die munter umhersprang. Der Spaziergang an der frischen Luft würde mir guttun und helfen, meine Gedanken zu ordnen. Wann immer ich in Noras Nähe war, raste mein Herz. Sie war mir wichtig, so unendlich wichtig und ich wollte nicht, dass ihr etwas passierte. Sie hatte schon genug durchgemacht im Leben. Ja, ich brauchte die kühle Abendluft jetzt, vielleicht konnte ich in dieser Nacht dann besser schlafen. Seit ich diesem merkwürdigen Typen Aksel begegnet war, ging er mir nicht mehr aus dem Kopf. Damit musste Schluss sein für heute. Jetzt würde ich es genießen, mit Rusky ein bisschen herumzutollen und mich abzulenken.

Ein grauenhaftes Wiedersehen

Koppangen, Frühling 1985

NORA

Da meine Tochter diese Nacht bei ihrer Oma verbrachte, war es total entspannt an diesem Morgen gemütlich bei einer Tasse Kaffee zu sitzen, um in Ruhe die Zeitung zu lesen. Doch durch das Klingeln des Telefons, wurde die angenehme Stille schnell unterbrochen. Etwas genervt erhob ich mich vom Stuhl und ging zum Telefon.

»Hallo«, sagte ich grantig ins Telefon.

»Oh, Nora, hallo, guten Morgen. Ich hoffe, ich habe dich nicht geweckt? Du hörst dich etwas gereizt an«, sagte Aksel entschuldigend in das Telefon.

»Aksel, hallo, nein, passt schon, kein Problem. Die Kleine hat diese Nacht bei unserer Mutter geschlafen, und ich genieße die Ruhe heute Morgen. Aber halb so wild. Was gibt's?« Kurz herrschte eine Pause, bis Aksel sich räusperte.

»Ähm … ich wollte dich fragen, ob wir heute gemeinsam etwas essen gehen können, ich würde dich gerne noch einladen, bevor ich wieder nach Oslo zurückgehe«, fragte er mich und ich war etwas überrascht.

»Oh, das ist lieb, danke schön. Ja, auf alle Fälle, aber ich nehme unsere Mutter auch mit, die würde sich sicher auch gerne von dir verabschieden«, meinte ich und irgendwie war sein Verhalten dazu etwas merkwürdig.

»Ah … oh … okay, passt schon. Wäre zwar gerne mit dir mal allein gewesen, aber das machen wir dann einfach ein anderes Mal. Passt euch um zwölf Uhr in Koppangen in der einen Pizzeria, wie heißt sie noch mal?«

»Egon, Pizzeria Egon, meinst du die?«, fragte ich und er bestätigte es knapp.

»Schön, ich freue mich auf euch, muss jetzt auflegen, hab keine Münzen mehr und stehe in der Telefonzelle. Bis später.«

»Bis später.« Als das Telefonat beendet war, ging ich das Gespräch noch einmal im Kopf durch, irgendwie hatte Aksel immer wieder etwas Komisches an sich. Doch egal, Mutter würde dabei sein und somit alles halb so wild werden. Bald war er wieder in Oslo – das bot genug Abstand. Wir mussten nur abwarten, ob er sein Alkoholproblem wirklich unter Kontrolle bringen würde.

Eine Stunde später beschäftigte mich dieses Telefongespräch mit Aksel noch immer so, anfangs versuchte ich, mich von meiner Tochter ablenken zu lassen, doch es funktionierte nicht, darum musste ich mit meiner Familie über das Telefonat reden. Ich half meiner Mum gerade dabei, den Frühstückstisch zu decken, als Fredrik grinsend hereinkam.

»Also, wenn ich nicht bald wieder nach Hause zurückfahre, dann könnte ich mich wohl glatt daran gewöhnen, jeden Tag mit meiner Familie so gemütlich zu frühstücken.«

»Tja, dann bleib doch einfach, wir würden uns freuen. Nicht wahr, Nora?«, fragte meine Mutter mich, doch irgendwie hörte ich den beiden nicht so richtig zu.

»Hallo, hörst du uns überhaupt zu?«, piekte mich meine Mutter in den Oberarm und ich sah sie verdutzt an.

»Was? Hast du denn mit mir gesprochen?«

»Ja, habe ich, aber sag mal, was ist los mit dir, du bist so weit weg und das bereitet mir Sorgen.« Meine Mutter war anfällig dafür, sich gleich in etwas rein zu steigern und sich Sorgen um jemanden zu machen. Bei mir war es nicht anders.

»Hm … ja, ich zerbreche mir gerade den Kopf über Aksel, denn er hat mich heute früh schon angerufen.« Ich setzte mich an den Tisch, Fredrik tat es mir gleich und Mutter kam mit dem Kaffee zu uns.

»Warum zerbrichst du dir den Kopf? Um was ist es denn bei eurem Gespräch genau gegangen?«, erkundigte sich meine Mum Hedda und nahm ebenfalls Platz.

»Na ja, er hat mich heute zum Mittagessen in die Pizzeria Egon eingeladen, um sich von mir zu verabschieden. An sich ist das ja lieb, leider hat er auf meinen Vorschlag, dich mitzunehmen, komisch reagiert«, schilderte ich den beiden, während sie mich verwirrt anblickten.

»Er war nicht so begeistert davon, denn er meinte, er wolle doch gerne mal mit mir alleine sein, aber das könnten wir ja dann ein anderes Mal nachholen.« Niemand sagte etwas und ich sah den beiden an, dass sie sich Gedanken darüber machten.

»Soll ich daheimbleiben?«, kam die etwas traurig wirkende Frage von meiner Mutter, und ich schüttelte sofort den Kopf.

»Nein, niemals. Erstens möchte ich dich dabeihaben, denn du gehörst dazu, und zweitens möchte ich nicht mit Aksel alleine sein. Bitte, Mama, du musst mitkommen«, flehte ich sie an und merkte ihren warmen Blick.

»Ich gehe gerne mit dir mit, wann müssen wir denn dort sein?«

»Um zwölf.« Nun mischte sich auch Fredrik ein.

»Okay, wenn ihr beide euch mit Aksel zum Mittagessen trefft, passe ich in der Zwischenzeit auf meine süße Prinzessin hier auf und gehe ein bisschen zu Tante Ilsa rüber. Bist du damit einverstanden, Nora?«, fragte er mich liebevoll und mein Inneres beruhigte sich nun etwas.

»Danke dir, das hört sich perfekt an. Doch jetzt lasst uns in Ruhe das gemeinsame Frühstück genießen und mal nicht über Aksel sprechen. Ist irgendwie schlimm genug, dass ein Familienmitglied uns so aus dem Konzept bringen kann.«

Vorerst wurde das Thema beendet und wir redeten über andere Dinge wie Fredriks Arbeit und wie es denn mit einer Freundin aussähe. Er lief rot an.

»Also bitte, über solche Beziehungssachen zu reden, passt nun aber auch nicht hierher«, meinte Fredrik und wollte somit ausweichen, aber ich ließ nicht locker.

»Warum? Ich würde schon gerne wissen, ob es eine Frau in deinem Leben gibt und wenn nicht, auf welchen Typ du so stehst.« Fredrik lachte und strich sich mit seinen Händen übers Gesicht.

»Nein, ich habe keine Freundin, aber wenn du mich so fragst, Agnetha – die Sängerin von ABBA – würde mir gefallen, leider hat sich die Band getrennt«, klärte er uns auf und wir brachen in lautes Gelächter aus. So ein lockeres und lustiges Familiengespräch war entspannend.

Doch je näher die Zeit an zwölf Uhr heranrückte, desto nervöser wurde ich und innerlich fühlte es sich total eigenartig an. Warum hatte ich so einen Bammel vor diesem Treffen, es war echt komisch. Doch egal, da mussten wir jetzt durch, und dann war Aksel hoffentlich für lange Zeit weg.

»Bist du fertig, Schatz!«, rief meine Mutter nach mir und am liebsten hätte ich mich in meinem Bett verkrochen und ihr gar nicht darauf geantwortet.

»Ja, ich komme schon!«, antwortete ich stattdessen.

Unten angekommen nahm ich meine Tochter noch einmal an mich, knuddelte und küsste sie von oben bis unten. Fredrik schüttelte den Kopf.

»Ähm ... du tust ja so, als würdest du eine Weltreise machen, oder hast du etwa Angst, dass ich nicht gut auf den kleinen Spatz hier aufpassen kann?«, fragte er mich frech, was ein Schmunzeln in mein Gesicht zauberte.

»Nein, ich weiß, dass du das super meistern wirst, bin halt nicht oft ohne meine Tochter und darum wollte ich eben noch ein Küsschen ergattern«, gab ich ihm zu verstehen und dann drückte er mir wiederum einen Kuss auf die Wange.

»Viel Spaß und lasst es euch schmecken. Liebe Grüße an Aksel, und sagt ihm, dass ich in den nächsten Tagen auch wieder in Oslo sein werde.«

Kurze Zeit später saßen wir im Auto und fuhren nach Koppangen, wo sich die Pizzeria befand. Ich blickte aus dem Fenster und nahm irgendwie nichts so wirklich wahr, nicht mal, dass meine Mutter lautstark und falsch bei *The Winner Takes It All* mitsang.

Als sie auf den Parkplatz vor dem Restaurant fuhr, wurde mir etwas mulmig und von Appetit auf eine Pizza war weit und breit nichts zu spüren.

Mutter öffnete die Eingangstüre und wir beide traten ein, da sah ich ihn schon im hintersten Eck sitzen. Aksel stand mit einem Lächeln im Gesicht auf und winkte uns zu. Er wirkte so glücklich und gelassen.

Ich hoffte sehr, dass er nicht betrunken und deswegen so guter Laune war.

»Schön, dass ihr hier seid. Passt euch der Platz oder möchtet ihr euch woanders hinsetzen?«, begrüßte er uns und ich nickte.

»Hallo, der Tisch passt perfekt. Oder Mum?«

»Auf alle Fälle. Kommt Kinder, setzen wir uns und quatschen ein bisschen, bis die Kellnerin kommt. Jetzt wo ich die Düfte der leckeren Pizzen in mir aufnehme, bekomme ich gerade richtig Kohldampf«, ließ sie uns wissen und ich kicherte, denn es erging mir genauso. Als ich ein bisschen mit Aksel sprach, bemerkte ich, dass er nicht nach Alkohol stank, was mich sehr freute. Auch als die Kellnerin uns das Essen servierte, erzählten wir weiter und die Themen, über die wir sprachen, waren lustig. Natürlich fragte ich auch ihn nach einer eventuellen Freundin.

»Du neugierige Nase, du. Nein, ich habe keine Freundin, doch ich hoffe stark, dass ich eventuell Glück habe und eine tolle Frau kennenlerne, wenn ich kein Alkoholiker mehr bin«, erklärte er, und es war schön, dass er aufs Neue so offen über sein Problem sprach.

»Ach mein Schatz, das auf jeden Fall. Denn du kannst alles erreichen was du möchtest und wir helfen dir auch dabei«, sagte meine Mutter und Aksel lachte gezwungen.

»Dein Wort in Gottes Ohr. Aber nun was anderes, habt ihr noch Lust auf eine Nachspeise? Ein Kuchen mit Kaffee oder einen Eisbecher?«, fragte er liebevoll und es freute mich total, dass wir heute noch mit ihm essen waren.

»Also, bei etwas Süßem bin ich natürlich mit von der Partie. Doch ich verlass euch mal kurz, denn ich muss für kleine Mädchen, ihr könnt mir einen Vanillebecher mit viel Schokosoße bestellen. Okay?«

»Aber sicher doch. Beeil dich halt, sonst ist dein Eis vor dir da und du hast eine Suppe zum Löffeln«, meinte Aksel frech und lachte laut. Ich gab ihm einen spielerischen Stoß und er tat, als schmerzte ihn dieser sehr.

»Komme gleich wieder.« Auf dem Weg zu Toilette ließ ich das Essen und die Gespräche von eben noch mal Revue passieren. Im Nachhinein war ich froh darüber, dass wir Aksel heute noch einmal getroffen hatten, bevor er wieder nach Oslo zurückkehrte. Doch als ich das Damen-WC betrat, kam es mir vor, als hätte mich jemand verfolgt. Schnell sperrte ich mich in einer Toilette ein und war ganz leise, konnte aber nichts hören. Ich halluzinierte sicher und musste über mein doofes Verhalten nun selbst lachen. Nachdem ich fertig war, stand ich noch kurz vor dem großen Spiegel im Vorraum und auf einmal sah ich alles nur noch verschwommen und konnte mich nicht mehr auf den Beinen halten.

Mein Kopf brummte, als ich erwachte. Als ich mich etwas aufrichtete, wurde mir schwindelig und es drehte sich alles. Dann erst registrierte ich, wo ich mich befand. Mir wurde speiübel, ich drehte mich zur Seite und erbrach mich.

»Na toll, kaum habe ich dich wieder zurück, machst du auch schon wieder Dreck. Aber du weißt ja, wo sich die Putzsachen befinden, also steh gefälligst auf und putz diese Sauerei schleunigst weg«, fluchte er herum und als ich Filips Stimme hörte, bekam ich es mit der Angst zu tun. Meine Gedanken kreisten sofort um meine Tochter, meine Mutter und Sondre. Hoffentlich hatten sie schon mit der Suche nach mir begonnen. Ich betete zu Gott, dass sie mich schnell retteten. Ich spürte einen Schlag von hinten auf mein Kreuz und ein unsagbar schlimmer Schmerz durchfuhr mich im selben Moment.

»Hast du nicht gehört, was ich gesagt habe? Du brauchst gar nicht erst zu versuchen, Zeit zu schinden, denn es weiß niemand, wo du dich befindest und es wird auch sicher noch eine Zeit lang dauern, bis sie es doch rausfinden«, sagte er höhnisch und mir lief es kalt den Rücken runter. Da ich ja auf dem Boden lag, drehte ich mich auf die andere Seite und hievte mich hoch. Kurz musste ich mich an der Holzkommode, die zum Glück neben mir stand, festhalten, da mir noch immer total schwindelig war und ich damit zu kämpfen hatte, nicht gleich wieder zu Boden zu gehen. Langsam ging ich in die hinterste Ecke, wo ein großer Schrank stand, darin befanden sich ein Kübel und diverse Putzfetzen. Natürlich versuchte ich, mir Zeit zu lassen, weil ich doch stark hoffte, dass bald jemand von meiner Familie hier aufkreuzen würde. Doch Filip machte mir einen Strich durch die Rechnung. Er kam auf mich zu und nahm mir den Kübel aus der Hand, ging zu dem Waschbecken auf der anderen Seite und füllte Wasser und Spülmittel hinein. Danach brachte er den Eimer zu meinem Erbrochenen und schrie mich an.

»Wenn du das nicht schnell wegmachst, dann werde ich nachher nicht lieb und nett zu dir sein, sondern dann wirst du meine andere Seite kennenlernen!«

Nur daran zu denken, was dieser kranke Mistkerl mit mir tun wollte, brachte mich zum Weinen, und die Angst in mir wurde unerträglich. Es war so schlimm, dass ich mich konzentrieren musste, nicht zusammenzubrechen. Ich konnte ihn keines Blickes würdigen. Nie wieder in meinem Leben wollte ich dieses Arschloch sehen, ich wollte doch endlich alles hinter mir lassen und mein Leben neu sortieren.

Ich kniete mich auf den Boden und begann mein Erbrochenes aufzuwischen, da wurde mir erneut so schlecht, dass ich in den Kübel kotzen musste. Hätte ich es mir zurückhalten können, hätte ich es getan, weil ich genau wusste, dass Filip abermals ausrasten würde. Er trat hinter mich und zog mich so fest an den Haaren zurück, dass es sich anfühlte, als würde er meine Kopfhaut mit abreißen. Die Tränen konnte ich nicht mehr zurückhalten, ich heulte so sehr und mein Körper bebte vor Panik. Noch einmal würde ich es nicht ertragen, dass er mich berührte oder vergewaltigte. Ich würde daran zerbrechen. Filip zog mich an den Haaren bis zur Couch hinüber und schubste mich anschließend fest auf den Boden.

»Du kleines Luder, sagte ich vorhin nicht, es bringt nichts, das Ganze hinauszuzögern. Tja, nun hast du es davon, ich muss anders mit dir umspringen, wild und hart, anscheinend wolltest du das so. Stimmt es nicht? Dir gefällt es hart und dreckig, oder?«, fragte er spitz. Nein, ich wollte nicht reden und ihm erst recht keine Antwort darauf geben, doch das duldete Filip nicht.

Erneut packte er meine Haare und zog mich zu sich hoch. Nun war es das erste Mal, dass ich ihm in die Augen blicken musste, und es war für mich unzumutbar, diesem Blick standzuhalten. Er stieß mich fest zurück, sodass ich auf der Couch zum Liegen kam. Nun war es so weit. Er hatte mich dort, wo er mich immer haben wollte und wo er mich auch heute haben würde. Die Szenen vom letzten Jahr schlichen sich immer wieder in mein Gehirn und es war abstoßend und grauenhaft, und doch musste ich irgendwie mitspielen und versuchen, durchzuhalten und um alles zu kämpfen, das ich mir mit meiner Tochter und Mutter aufgebaut hatte.

»Ja … Papa … ich will es wieder mit dir tun, doch ich will nicht, dass du so aggressiv zu mir bist. Ich mag dich liebevoll und zärtlich. Außerdem möchte ich mir gerne noch die Zähne putzen, wenn du es mir erlaubst. Das ist doch auch für dich angenehmer, oder«, fragte ich süßlich.

Filip lachte spöttisch auf und ich befürchtete, er würde mir meine Lügen nicht abkaufen, doch ich musste alles dafür geben, meine Familie zu schützen.

»Du willst dir deine Zähne putzen? Nein, mein Schatz, das brauchst du nicht, denn ich werde dich ohnehin nicht küssen. Ich will dich nehmen, ganz fest und wild, dann möchte ich, dass du meinen Namen rufst und mich zum Orgasmus bringst. So lange habe ich darauf verzichten müssen, mit der Frau zu schlafen, die mir am wichtigsten ist und die ich schon immer liebte. Aber nicht wie meine Tochter, sondern wie meine Geliebte – und jetzt, du kleine Göre, zieh dir deine Sachen aus, denn ich will dich spüren«, presste er beißend hervor und ich wusste, dass ich keine Chance hatte, dem zu entkommen. Als ich mich nicht sofort bewegte und Anstalten machte, mich aus meinen Klamotten zu befreien, wurde er aggressiv und riss an meinen Armen.

»Boah, langsam kostest du mich echt Nerven, dabei will ich dich doch genießen!«, fuhr er mich an und schlug mir mit der Faust ins Gesicht. Ich zuckte erneut vor Schmerz zusammen und die Furcht in mir, dieses Mal nicht zu überleben, wuchs weiter an. Ich öffnete meinen Hosenknopf und den Reißverschluss, doch auch das ging ihm nicht schnell genug.

»Leg dich auf die Couch, nun werde ich das für dich übernehmen, sonst komme ich heute gar nicht mehr zu dem Vergnügen, dich zu vernaschen und zu lieben!«, brüllte Filip mich an. Ich konnte nicht anders und legte mich auf die Couch und schloss meine Augen, denn ich wollte ihn nicht ansehen, wollte ihn keines Blickes würdigen. Es war kühl in der Hütte, das bemerkte ich erst so richtig, als ich keine Hose und auch keinen Pullover mehr trug. Jede Minute, jede Sekunde betete ich, dass die Tür endlich aufging und Sondre oder Fredrik hereinkam, um mich zu retten. Erschrocken riss ich die Augen auf, weil ich erneut einen Schlag ins Gesicht bekam, und dann erkannte ich, wie Filip mich krankhaft lüstern ansah.

»Deine Babys haben dir und deiner Figur gutgetan, wer hätte das gedacht? Endlich hast du größere Brüste und auch mehr Arsch, das steht dir gut. Das gefällt dem Papa, mehr für mich zum Anfassen. Bedanke dich bei mir dafür, denn nur wegen mir bist du so bildhübsch geworden«, verlangte er von mir und nahm mit einer Hand mein Gesicht und drückte fest zusammen.

»Danke«, flüsterte ich.

SONDRE

Als ich den Anruf von Fredrik bekam, trafen wir uns alle vor der Pizzeria und informierten die Polizei. Doch wir konnten nicht warten, sondern mussten etwas tun, und somit teilten wir uns auf. Fredrik machte sich mit Hedda auf den Weg nach Oslo, um bei Aksels Wohnung nachzusehen. Emil und ich fuhren schnurstracks nach Melåa um sicher zu gehen, dass Nora nicht bei ihrem kranken Vater war.

»Oh mein Gott, wie sieht es denn hier aus und es stinkt erbärmlich«, sagte ich zu Emil, als wir in das Haus von Filip eintraten.

»Überall liegen leere Flaschen Bier und Wodka herum und es sieht so aus, als wäre die letzte Monate nie zusammengeräumt oder geputzt worden«, meinte

Emil nur und auf einmal krachte in der Küche etwas zu Boden und zerbrach in Scherben. Wir stürmten hinein und sahen Aksel am Esszimmertisch sitzen. Sein Kopf lag auf der Platte. Ich rannte zu ihm und zog ihn hoch, dann riss Aksel seine Augen weit auf und war total überrascht, mich hier zu sehen.

»Ja, du siehst richtig, du kleines verdammtes Arschloch und jetzt sagst du mir sofort, wo ich Nora finden kann, sonst bringe ich dich um.« Aksel lachte mir frech ins Gesicht. Emil näherte sich ihm drohend und Aksels Lachen verflog im Nu.

»Wenn du uns nicht auf der Stelle verrätst, wo sich deine Schwester befindet, dann zeige ich dich an – wegen Entführung und Missbrauch. Dann kommst du in den Knast und kannst da verrotten!« Aksel wollte sich aus meinem Griff befreien, doch ich ließ nicht locker.

»Er ist mit ihr in der Fischerhütte«, kam es gequält von ihm. Emil rannte zum Telefon um noch rasch die Polizei vor Ort zu informieren, und dann machten wir uns sofort auf den Weg dorthin.

Ich war so froh darüber, dass Emil genau wusste, wo sich die Fischerhütte befand, denn ich wollte auf keinen Fall noch mehr Zeit verlieren.

»Hier musst du reinfahren, da unten sieht man die Hütte schon und es brennt Licht. Schau!«, erklärte mir Emil und ich beschleunigte das Auto noch ein bisschen mehr.

»Hoffentlich kommen wir nicht zu spät.« Wenige Sekunden später sprangen wir aus dem Wagen und liefen zur Tür der Hütte. Sie war verschlossen. Ich ging ein paar Meter zurück und nahm Anlauf. Dann warf ich mich mit vollem Gewicht dagegen und zum Glück sprang sie gleich auf.

»Schnapp ihn dir, Emil, und lass ihn nicht entkommen!«, schrie ich ihm zu und eilte sofort zu Nora. Mein

Herz sprang mir dabei aus der Brust. Dieses miese Schwein, das würde er bereuen.

NORA

Ich glaubte, dass ich ein Auto heranfahren hörte, doch als Filip keine Anstalten machte von mir runterzugehen, dachte ich, dass es die nächsten Halluzinationen waren, die über mich kamen. Auf einmal tat es einen lauten Knall und die Tür flog auf. Filip sprang von mir und eine Sekunde später war Sondre an meiner Seite. Er zog seine Jacke aus und legte sie über meinen nackten Körper, dann nahm er mich ganz fest in seine Arme, während ich fürchterlich zu weinen begann.

»Pst, mein Schatz, ich bin jetzt hier und dir wird nichts mehr passieren. Geht es dir gut oder hat er dich verletzt?«, fragte er mich liebevoll und gab mir unendlich viele Küsse auf die Stirn.

»Nein, es fehlt mir nichts. Dieser Hurenbock hat mich nur ein paarmal geschlagen, zum Glück seid ihr pünktlich gekommen und es ist mir nichts Schlimmeres widerfahren. Fünf Minuten später und er hätte es wieder geschafft. Aber jetzt lass uns bitte die Polizei anrufen, er muss hoffentlich für immer hinter Gitter – und ich will nach Hause«, schluchzte ich laut. Im selben Moment schlug die Tür auf und die Polizei stand in der Hütte, ich sah nur wie Sondre in eine Richtung deutete und weg waren sie.

Als ich in Sondres Wagen saß und darauf wartete, dass wir endlich nach Hause fuhren, bekam ich mit, wie Filip abgeführt wurde. Erneut brach ich in Tränen aus, aber nicht vor Angst, sondern vor Erleichterung.

Das Ende einer Horrorgeschichte

NORA

Als wir spät am Abend endlich daheim ankamen, war ich froh darüber meine Tochter und meine Mutter in die Arme schließen zu können. Doch nach ein paar Minuten, wollte ich einfach nur noch aus diesen Klamotten raus.

»Mama kannst du Melina zu Bett bringen bitte, denn ich muss unbedingt unter die Dusche und mich sauber machen.«

»Liebes geh und nimm dir die Zeit die du brauchst. Ich bring die Kleine zu Bett, und die zwei Männer kochen was für uns«, sagte sie zu mir und blickte zu Fredrik und Sondre.

»Genau, und wenn du etwas brauchst einfach rufen, wir sind in der Küche«, erläuterte Sondre liebevoll und drückte mich noch mal an sich.

Ich ging nach oben, drehte in der Dusche das Wasser auf und stand wenig später weinend unter dem heißen Wasserstrahl. Dieses Gefühl den *Dreck* von sich zu waschen, tat meiner Seele gut und es befreite mich.

SONDRE

Ich war mit Fredrik in der Küche und wollte ihm beim Kochen helfen, doch alles was ich zustande brach, war, ihm im Weg zu stehen.

»Hey Kumpel, komm setzt dich an den Tisch, trink dein Bier und versuche runter zu kommen, denn sonst bist du für Nora keine große Hilfe«, gab er mir zu verstehen und zwickte mich in den Oberarm.

»Danke, ich weiß doch und ich versuche alles auszublenden was heute den ganzen Tag über geschehen ist. Doch ich sehe Nora immer noch in der Fischerhütte liegen und die bitterliche Angst, die man in ihren Augen lesen konnte, das bricht mir mein Herz. Ich wollte auf sie aufpassen und was ist passiert? Sie wurde entführt!«, schrie ich, weil ich so wütend auf mich selber war.

»Sondre hör auf dir Vorwürfe zu machen, denn du kannst nichts dafür und ändern können wir es auch nicht mehr. Jetzt ist zum Glück alles vorbei und Filip sitzt für die nächsten Jahre hinter Gittern, und Aksel in einer Entzugsanstalt. Nun können wir in die Zukunft blicken, versuchen damit abzuschließen und alle neu beginnen.«

»Du hast recht, wir müssen versuchen es zu vergessen und das Leben neu zu sortieren. Auch werde ich meinen Mut zusammennehmen und mit Nora ein wichtiges Gespräch führen.« Fredrik lächelte mich an.

»Ich hoffe es geht in dem Gespräch um deine Gefühle für meine Schwester, denn ich finde dich echt cool und ich mag dich. Doch muss ich dir sagen, hoffe ich für dich, dass du sie niemals verletzen wirst, denn sonst kann ich für nichts garantieren.« Nickend lachte ich ihm zu und wir machten uns an die Arbeit, das Essen fertig zu bekommen.

NORA

Es kam mir vor als hätte ich meine Haut stundenlang wund geschrubbt und endlich fühlte ich mich wieder *unbenutzt* und *rein*. Als ich das Badezimmer verlies und im Flur stand, drang von unten ein wundervoller Duft von Kartoffelsuppe nach oben, und mein Magen begann zu knurren. Rasch ging ich zu meiner Familie in die Küche, denn ich wollte unbedingt etwas von diesem leckeren Essen.

»Das riecht himmlisch«, sagte ich zu den Männern, als ich die Küche betrat. Beide drehten sich zu mir um und ich sah, dass Sondre in dem Topf umrührte und Fredrik den Salat fertig zubereitete.

»An das könnten wir uns gewöhnen, oder was meinst du Nora«, meinte meine Mutter grinsend, als sie ebenfalls in die Küche kam.

»Mhm, dass hättet ihr wohl gerne. Aber jetzt setzt euch, denn wir servieren euch nun die Suppe«, antwortete mein Bruder und wir gehorchten ihm, und nahmen an dem großen Esstisch platz. Jeder von uns genoss das Essen und niemand begann zu reden, weil diese Stille in dem Moment einfach passend war.

Doch danach konnte ich nicht anders und ich brauchte Antworten auf meine Fragen.

»Was habt ihr getan, dass ihr mich zum Glück so schnell gefunden habt?«, fragte ich die drei als wir am Tisch beisammen saßen, und sie sahen mich an.

»Mutter hat mich daheim angerufen und mir total aufgebracht berichtet, du seist verschwunden und sie kann dich nirgends in der Pizzeria finden. Natürlich habe ich auf der Stelle Sondre informiert und wir machten uns sofort auf den Weg in die Pizzeria. Dort angekommen, war unser nächster Schritt die Polizei zu informieren. Doch die meinten etwas genervt, wir sollen nicht gleich so übertreiben und wenn du in vierundzwanzig Stunden noch immer nicht aufgetaucht bist, sollen wir uns noch einmal bei ihnen melden. Klarerweise ließen wir das nicht so stehen, und Sondre kam auf die Idee, dass wir uns in zwei Teams aufteilen sollen. Ein Team fährt nach Oslo um bei Aksels Wohnung nachzusehen, und ein Team fährt nach Melåa. Dank Sondre waren wir so schnell es nur ging bei dir, um dich von diesem Monster zu befreien«, erzählte mir mein Bruder und ich war so unendlich dankbar.

Da Sondre neben mir saß konnte ich seine Hand in meine nehmen.

»Ich danke dir vom ganzen Herzen, dass du meiner Familie geholfen hast mich zu finden, und dass du es möglich gemacht hast, dass mir dieser Psychopath nicht noch einmal etwas antun konnte.« Voller Liebe und Freude musste ich weinen, und auch Sondre kamen die Tränen.

»Nora, du brauchst dich nicht bedanken, denn für mich war das Selbstverständlich, weil du mir sehr wichtig bist, und ich euch in meinem Herzen trage. Ich bin erleichtert und glücklich darüber, dich unversehrt hier zu haben und dass dieses Arschloch endlich da ist, wo er hingehört. Weggesperrt von der Menschenwelt.«

»Da gebe ich dir vollkommen Recht Sondre, und jetzt lasst uns mit diesem Thema abschließen, denn wir müssen nach vorne in die Zukunft blicken«, sagte meine Mutter.

Ein neues Leben

Koppangen, Herbst 1985

NORA

Die Anfangszeit nach meiner Entführung, war sehr schwierig und hart, und ich war froh darüber, dass mittlerweile sechs Monate verstrichen waren. Oft plagten mich Alpträume, ich wachte auf und konnte nicht mehr einschlafen. Doch überragten die schönen Dinge in meinem Leben, wie zum Beispiel: Das meine kleine Melina ihre ersten Zähne bekam und dass sie zu krabbeln begann. Aber auch, dass mein Bruder zu uns nach Koppangen gezogen war und meine Beziehung zu Sondre immer stärker und mit jedem Tag schöner wurde. Er versuchte mir jeden Traum von den Augen abzulesen und nicht nur mich zu verwöhnen, sondern meine Tochter ebenso. Sondre war der Mann, den man sich nur wünschen konnte.

Gestern Abend rief er mich an, und erklärte mir, er würde uns heute ganz früh am Vormittag abholen, um mit uns einen Ausflug zu machen, aber wohin es gehen sollte, war eine Überraschung. Darum brachte ich Melina nach dem Frühstück zu ihrer Oma, damit ich mich in Ruhe anziehen und hübsch machen konnte. Irgendwie war ich etwas nervös vor diesem Ausflug, da Sondre in den letzten Tagen sich etwas merkwürdig verhalten hatte. Aber ja, natürlich konnte es auch sein, dass ich mir das nur einbildete.

Nach fast einer Stunde die ich im Badezimmer verbrachte, ging ich zurück in mein Zimmer und stellte mich vor dem großen Spiegel, der auf meinem Kleiderschrank befestigt war. Minutenlang betrachtete ich mein Spiegelbild, drehte mich in alle Richtungen und fand, dass mein Outfit perfekt zu mir passte. Deswegen machte ich mich auf den Weg nach unten, um auch meine kleine Maus für den Ausflug fertig zu machen. Als ich in der Küche niemanden vorfand, ging ich in den nächsten Raum, in unser schönes großes Wohnzimmer, und war verblüfft, denn es standen alle da. Meine Mutter hielt Melina auf dem Arm, mein Bruder Fredrik und meine Tante Ilsa standen neben Onkel Emil. Mittendrin in diesem Halbkreis stand Sondre und er lächelte mich an.

»Hallo euch allen, was macht ihr denn hier so versammelt im Wohnzimmer?«, fragte ich in die Runde und Sondre kam auf mich. Irgendwie wurde mir ganz heiß und meine Hände begannen zu schwitzen, irgendwas war hier im Busch und ich wurde etwas nervös.

Sondre stand vor mir und nahm meine Hand in die seine, und dann kniete er sich vor mich hin.

»Nora, ich habe dich vor fast einem dreiviertel Jahr hier das erste Mal nach langer Zeit wiedergesehen und ich war vom ersten Augenblick an überwältigt von dir. Nicht nur von dir, nein auch von deiner süßen Prinzessin. Ihr seid mir ans Herz gewachsen und ich will keine Sekunde mehr ohne euch verbringen, denn ich liebe euch«, sagte er leise und eine Träne kullerte über sein strahlendes Gesicht.

»Nora, ich will immer für euch Sorgen und für euch da sein, nie mehr solltet ihr alleine sein oder Angst haben. Ich liebe dich und möchte dich hier vor all den Leuten, die dich genauso lieben, wie ich es tue, fragen: Willst du mit deiner Tochter mit mir zusammen ziehen?« Mein Herz machte einen Sprung, ich konnte kaum glauben, was ich soeben hörte, bis ich seinen festen Händedruck spürte. Das hier war real.

»Ja! Ja! Ja, ich will!«, rief ich und fiel ihm um den Hals. Meine Familie im Hintergrund begann voller Freude zu jubeln und zu klatschen. Alle gratulierten, drückten und küssten uns, und es war ein unbeschreiblich schönes Gefühl. Mein Bruder trat zwischen mich und Sondre und legte uns seine Arme um unsere Schultern.

»Ja Schwesterherz, muss ehrlich gesagt gestehen, habe schon gebetet, dass es so kommen würde, denn wem könnte ich mir besser als Lebensgefährten an der Seite meiner Schwester vorstellen, als Sondre«, offenbarte Fredrik und wir mussten alle lautstark lachen.

»So und jetzt hole ich uns was zum trinken, denn diese neue Liebe muss gefeiert werden, und du Emil gehst bitte mit mir mit und hilfst mir dabei«, trällerte meine Tante, und meine Mutter sagte dann noch.

»Gute Idee, denn dann meine geliebte Tochter, können wir uns zusammensitzen und mit den Umzugsvorbereitungen beginnen.« Da mein Bruder noch immer in unserer Mitte stand, lehnte ich mich etwas nach vor um Sondre an sehen zu können, der grinsend den Kopf schüttelte. Dann drückte er Fredrik weg und nahm mich in die Arme. Er sah mir liebevoll in die Augen und meinte: »Das kann ja heiter werden, wenn die Vorbereitungen jetzt schon beginnen.« Auch ich musste lachen und ich konnte mich nicht daran erinnern, schon jemals so glücklich gewesen zu sein.

~~ *Ende Band 1* ~~

Nachwort

Nun ist es vollbracht und ihr seid am Ende meines ersten Bandes angekommen.

Was soll ich sagen, ich hoffe, ihr habt nicht ganz so viel dabei weinen müssen wie ich, als ich diese Zeilen geschrieben habe. Natürlich hoffe ich sehr, dass es euch trotz der Schwere gefallen hat. Ich bin gespannt und nervös, da dieser erste, eher düstere Band sicherlich nicht jedem von euch zusagt.

2019 folgt Band zwei meiner Serie, und ich kann euch sagen, es erwartet euch eine ganz andere Geschichte. Ein Roman, der viel Spannung in sich trägt und in dem die echte, wahre Liebe nicht zu kurz kommt.

Alles Liebe, Samina Haye.

Danksagung

Mein Dank geht an meinen Mann und meine Familie, die mir geduldig und hilfreich zur Seite standen. In jeder noch so schweren Minute, versuchten sie mich in meine Welt zurück zu holen, Kraft zu tanken, um dann an meinem Buch weiter zu schreiben.

Für den letzten Feinschliff an meinem Roman danke ich meiner lieben Lektorin, die den Fehlerteufel bestmöglich beseitigt hat, und natürlich meinen treuen Testlesern.

Ein großer Dank geht an euch, an meine wundervollen Leser. Ihr gebt mir durch euer Feedback und eure tollen Worte jeden Tag erneut die nötige Motivation zum Schreiben.

Über Rezensionen auf BoD, Amazon, meiner Autorenseite oder Weiteres würde ich mich sehr freuen.

Den persönlichen Kontakt zu meinen Lesern schätze ich sehr.

Ihr könnt mich gerne auf Facebook anschreiben:
www.facebook.com/autorinsaminahaye

oder auch über Instagram:
www.instagram.com/saminahaye